红楼厢记

悟澹 著

SPM 南方传媒 | 广东人民出版社
·广州·

图书在版编目（CIP）数据

红楼厢记 / 悟澹著. -- 广州 : 广东人民出版社, 2023.8

ISBN 978-7-218-16499-1

Ⅰ. ①红… Ⅱ. ①悟… Ⅲ. ①《红楼梦》研究 Ⅳ. ①I207.411

中国国家版本馆CIP数据核字（2023）第053663号

HONG LOU XIANG JI

红楼厢记

悟澹 著

出 版 人： 肖风华

责任编辑： 马妮璐
责任技编： 吴彦斌 周星奎
装帧设计： WONDERLAND Book design 仙境 QQ:344581934

出版发行： 广东人民出版社
地　　址： 广东省广州市越秀区大沙头四马路10号（邮政编码：510199）
电　　话：（020）85716809（总编室）
传　　真：（020）83289585
网　　址： http://www.gdpph.com
印　　刷： 北京博海升彩色印刷有限公司
开　　本： 710mm×1000mm 1/16
印　　张： 15 **字　　数：** 160千
版　　次： 2023年8月第1版
印　　次： 2023年8月第1次印刷
定　　价： 78.00元

如发现印装质量问题，影响阅读，请与出版社（020-85716849）联系调换。
售书热线：（020）87716172

自序

但莫憎爱　洞然明白

本书的缘起，说来还是 2018 年我在杭州福泉书院为期近一年的《红楼梦》主题讲座所遗留下来的稿件，本来是可以提前出版的，但中间因为我着意增添和删改了许多内容，以至于耽搁至今。

2018 年春末，我在接受“一条”视频采访的时候，曾言：“在我的理解中，林黛玉的出现是让贾宝玉一步一步地明白‘断舍离’的重要性。”在这本书交稿的时候，我就想着要不要写篇自序以示重视，然而，我的脑海里挥之不去的是“断舍离”三个字。我知道我在享受创作、分享和理解的过程是难以描述的，但是最后这些文字我都是要交出去的，它不是属于我一个人的。如同书中“三春去后诸芳尽，各自须寻各自门”，大抵在《红楼梦》这本书中，贾宝玉的出家告诉我“落了片白茫茫大地真干净”是多么的殊胜，不管曾经是繁花似锦，还是烈火烹油，到最后都是要归去的。诚如曹公所言“满纸荒唐言，一把辛酸泪”，到最后还是会感叹一句“说到辛酸处，荒唐愈可悲”。而是，读角色，读众生，最后读自己。

张春的一句话我非常喜欢：“最早我认为，想干什么就干什么，就是自由。后来我发现，想不干什么就能不干什么，才是自由。”石头想到凡间的温柔富贵乡之中温存几年，却忘了青埂峰才是灵山圣地。石头所谓的向往，无非是雾里看花似梦似幻，这人间大观园游园一场，不过是惊梦此生，说不完的悲欢离合。

纵观书中的角色，于作为读者的我而言，从青埂峰到大观园，这些年，改变了我对自由和任性的理解。所谓的自由，不是放纵，而是在捉襟见肘的人生中，还能适者生存，这才是王道。以至于在人生的阅读成长中，我像书中那些年少气盛的人们一样，认为大观园就是理想国。

后来再去阅读《红楼梦》，我更加倾向以“苦”的角度去看角色，看人生，看自己了。因为大慈大悲的心境绝对是在大是大非面前历练出来的，大彻大悟的智慧也绝对是在大起大落的无常痛苦中蜕变而来，所以你问我会不会为林黛玉还泪而死、贾宝玉辞父出家感到惋惜，我会斩钉截铁地回答你：“没有什么惋惜不惋惜的，只有当断除、当舍弃、当离开而已，因为顺应自然比什么都重要，他们告诉我，走这一遭，违顺相争，是为心病。”

平衡比什么都重要。

在自然的恩德中，风起伴随云涌，风生连接水起，风吹带起草动。自然的时节是如此，曹公笔下的冷香丸制作更是自然因果的平衡之道，是为大俗更是大雅，只有我们找到了这种事物本末究竟的链条，才是“安得一服清凉散，人人解醒”。

很多人问我何以解读“少不读红楼，老不看三国”，观点千言万语，每个人的体悟更是各有千秋。只不过是角度和心境不同而已，没有什么读不读、看不看之说，只不过是你人生的涵养能不能传递出静水流深的境界而已，这是一种气度，更是一种本事。我欣赏从不同的角度看一个人抑或是一样事物的襟度。

于红尘，于楼阁，于梦一场，但莫憎爱，洞然明白。

写于安吉余村

2020 年 5 月 21 日

目录

CONTENTS

『悬崖撒手』才能绝处逢生

脂砚斋批本《石头记》第一回中，空空道人唱《好了歌》，疯跛道人拍手叫好，甄士隐却笑了一声说“走罢”，甲戌本有眉批：“‘走罢’二字，如见如闻，真悬崖撒手。非过来人，若个能行？”

“悬崖撒手”一词源于一则故事：有一个人不小心失足掉下了悬崖，庆幸的是他抓住了悬崖上的树枝，悬挂在万丈深渊的崖壁上。这个时候佛陀出现在他的面前，他请求佛陀的解救。佛陀告诉他：“只要你放开手，我就能救你了。”可是这个人认为放开手就会掉进万丈深渊，始终握着树枝苦苦支撑。佛陀见其不听教诲便离开了，不想却换来了这个人的谩骂，不久后树枝便断了。

悬崖撒手后，常人的认知是他一命呜呼，这是一种曲解。身处绝境，手握树枝不肯放下，这是一种执着；放下手后“绝后再苏”，这是一种自我的救助。在这则故事中，“绝后”和“再苏”是需要分开，也是有次第的。这个“绝后”指的是念头的转换，一念之间，也就是生死之间、善恶之间，更是顿见本来面目之间。倘或过于执着，就是一种法执，而这个“再苏”，是明心见性，是自性的具足。“悬崖撒手”更直接在讲如何做到断疑生信。

甲戌本眉批“如见如闻，真悬崖撒手。非过来人，若个能行？”放眼《红楼梦》，关于人物的因缘果报，事物的本末究竟，曹雪芹在谋篇布局时，埋下了很多关于悬崖撒手的线索。

石头下凡历劫的缘起

《红楼梦》开篇交代石头凡心已炽，想去那富贵场的“温柔乡里受享几年”，一僧一道听后，齐憨笑道：“善哉，善哉！那红尘中有却有些乐事，但不能永远依恃；况又有‘美中不足，好事多魔’八个字紧相连属，瞬息间则又乐极悲生，人非物换，究竟是到头一梦，万境归空，倒不如不去的好。”

一僧一道明确指出红尘乐事，不能依恃，无常不定，终究是到头一梦，同时也建议石头“倒不如不去的好”。凡心已炽的石头，听到一僧一道高谈阔论红尘的那些事情，正处于跌入悬崖的状态，一席开示的话已然听不进去，自以为可以得到一僧一道的救助，苦求再三。一僧一道见势不可遏，便将石头推向了红尘的万丈深渊，历尽离合悲欢炎凉世态，正如《红楼梦》开篇所写：满纸荒唐言，一把辛酸泪。

一僧一道建议“倒不如不去的好”，如同佛陀让那位失足的人松开手一样，不去执着和迷恋，才是真境界。不管是公案中的那个跌入悬崖的人，还是书中的这块石头，最终都是一意孤行，选择了一条不归路。

红尘谷底看似繁华，一旦陷入，便是丧身；趁还未跌入谷底，及时松手，便是自度。但众生我执太深，明知是虎山，偏偏涉险其中。

甄士隐的梦中救助

《红楼梦》第一回以神话故事构建整本书的开篇，以梦的方式贯穿现实和神话世界，开启了真假和有无的双面世界。

甄士隐的出场便是大梦一场，他在梦中听到一僧一道且行且谈，云里雾里不曾听得明白。甄士隐便问：“适闻仙师所谈因果，实人世罕闻者。但弟子愚浊，不能洞悉明白，若蒙大开痴顽，备细一闻，弟子则洗耳谛听，稍能警省，亦可免沉沦之苦。”

这个时候的甄士隐虽然是在做梦，但是他已经处在跌落悬崖的状态了。他请求仙师大开痴顽，免沉沦之苦的举动，如同跌入悬崖的那个人在崖壁上苦苦支撑，请求救助一样。

这是在梦境之中的救助，甄士隐醒来之后将梦中的预示忘了一大半，从梦中过渡到现实，醒来的甄士隐正同女儿英莲于街前玩耍，见到一僧一道走来，那僧哭着说道：“施主，你把这有命无运、累及爹娘之物，抱在怀内作甚？”甄士隐听后认为是疯话，也不去理睬，一僧一道追着强调：“舍我罢，舍我罢！”

一僧一道早已知道甄士隐会因为名叫霍起（谐音“祸起”）的仆人而丢失英莲，然后祸不单行，火烧家舍。一僧一道问甄士隐“抱在怀内作甚”，甄士隐不理睬的态度如同在崖壁上的人紧紧握着树枝不肯放手，“舍我罢”实则是让他放手，但是甄士隐依旧不肯相信。

甄士隐的遭遇如一僧一道所言，家破人亡之后，如同跌入谷底，一切后果都是自己承担。但他的命运要比那个死死握着树枝的人好很多，听了道人的《好了歌》之后，大彻大悟，并注解一番“好”和“了”的人生智慧，随着那道人出家了。

诚如悬崖撒手的真实奥义一样，那个最后能救自己的人不是别人，而是自己，能否获救就在转念之间。甄士隐就是在一念之间明白此中奥义。

林黛玉的“最好不相见”

《红楼梦》第三回林黛玉抛父进京都，便交代了她有“不足之症”，具体病情也没有特别说明。现实生活中看病方可下药，然而曹雪芹笔下人物的病情，都是带有启迪人生智慧的效应，林黛玉描述病情的一段话，可见大有寓意：

“我自来是如此，从会吃饮食时便吃药，到今日未断，请了多少名医修方配药，皆不见效。那一年我三岁时，听得说来了一个癞头和尚，说要化我去出家，我父母固是不从。他又说：‘既舍不得他，只怕他的病一生也不能好的了。若要好时，除非从此以后总不许见哭声；除父母之外，凡有外姓亲友之人，一概不见，方可平安了此一世。’疯疯癫癫，说了这些不经之谈，也没人理他。如今还是吃人参养荣丸。”

林黛玉此生旨在还泪，处于跌入悬崖的环境。支撑她悬在崖壁树枝上的精神依托，是林黛玉为之流泪的对象。林黛玉之所以流泪，是要以泪报恩，报恩对象是贾宝玉。癞头和尚说“既舍不得他”一语双关，既指林黛玉父母舍不得林黛玉出家，也指林黛玉舍不得贾宝玉。

癞头和尚要度林黛玉出家，便是在“悬崖撒手”中扮演救援的角色。“若要好时，除非从此以后总不许见哭声；除父母之外，凡有外姓亲友之人，一概不见”，这是治疗林黛玉不足之症的最佳药方，真实效应是让林黛玉放手，如同悬崖撒手一样。然而林黛玉的父母不肯相信，认为癞头和尚一席话是疯疯癫癫的不经之谈，如同悬崖上那个人一样，过于固执，只局限于眼前所看到的，而不知绝处逢生的峰回路转效用。

至于林黛玉的“撒手”，无非是让她放下心中的执念，执念放下，便能绝处逢生。但爱不重不生娑婆，这世间本无对错，只因众生执着，倘若不能自救，也无济于事。

惜春的冷与净

在整个家族，曹雪芹刻画的几个人，都以冷为特点：薛宝钗处事冷静，如同一种僵化，就像冷到极致时，手拿一块冰都会感觉到烫。基于这样的极致，薛宝钗的满身热毒需要冷香丸来治疗；王夫人的沉默与不语，是一种表面上的冷淡，她事事都掌握在自己手中不肯放权，以至于凡事都是点头不语；林黛玉不与世同、孤芳自赏的态度是一种清冷；妙玉性格上的洁癖，导致她待人接物显得高冷。

对比这些人的冷，独独惜春的冷却显得与众不同，她面对诸多事物，如如不动，在人我之中，行事风格不拖泥带水，因而她看透家族的种种假象，最后选择出家。

“人不奇则不清，不僻则不净，以知清净法门，皆奇僻性人也。惜春雅负此情，与妙玉交最厚，出尘之想，端自隗始矣。”这是清代王雪香《石头记评赞》中对惜春的评价，点明惜春是集“清”与“净”于一身，惜春的清是一种冷清。

这种冷清使她能够有舍弃入画、勘破三春之景的智慧和霹雳

手段。表面上看起来，惜春行事孤僻，有“不作狠心人，难得自了汉”的小乘思想；同时她很懂得抽离，所以她能写出“莫道此生沉黑海，性中自有大光明”的谜面。也正是因为她具备自净其心的智慧，所以在她冷的背后还能看到净，诚如她自己所言：“我清清白白的一个人，为什么教你们带累坏了我！”

《红楼梦》中出家的人不少，比较众人出家的因缘，惜春的大彻大悟显得更加直接，她的出家和甄士隐、柳湘莲、妙玉不同，惜春的出家是一种自度的行为。“悬崖撒手”是反面教材的典型例子，而惜春剃发为尼的行为是及时收手，这个家族的纷争，惜春并不曾参与其中，而是直接逃脱了这个万劫不复的万丈深渊。所以惜春面临跌落悬崖的境况，她撒手的速度相当快，是一般人做不到的。

柳湘莲撒手的速度

不同于那些女性的冷，柳湘莲的冷是冷面冷心，他的冷全在于刚愎自用，风流浪荡。

柳湘莲有一把鸳鸯宝剑，这把剑改变了他的命运。面对尤三姐的苦苦等待，柳湘莲忽然后悔自己以剑作为定情信物，面对贾宝玉的反对，他不可一世地说：“你们东府里除了那两个石头狮子干净，只怕连猫儿狗儿都不干净。我不做这剩忘八。”

这把鸳鸯剑，对于柳湘莲而言，如同崖壁上的树枝，面对他和尤三姐的情债，柳湘莲在意的东西太多，以至于他不管不顾地向尤三姐要回了鸳鸯剑。尤三姐当着柳湘莲的面儿决绝自刎，使得柳湘莲不知所措。六神无主的柳湘莲当下只有一个想法：“我并不知是这等刚烈贤妻，可敬，可敬。”

与“悬崖撒手”的这个先例相比，尤三姐挥剑自刎，对于身处悬崖上的柳湘莲而言，已经由于尤三姐的举动醍醐灌顶了。听完尤三姐的香魂开示，“来自情天，去由情地。前生误被情惑，今既耻情而觉，与君两无干涉”，加之跏腿道士那句“不过暂来歇足而已”，他恍然大悟，“不觉冷然如寒冰侵骨，掣出那股雄剑，将万根烦恼丝一挥而尽，便随那道士，不知往那里去了”。

“冷然如寒冰侵骨”的冷和柳湘莲冷面冷心是不同境界的冷，前者的冷是有觉悟的冷，是有生命活力的冷，看似冷酷无情，其实是慈悲有情的大智慧。这种冷如同冬日的阳光一样，看着微弱但是带着温暖。

也正是这种“冷然如寒冰侵骨”的冷带着一种激发和推动，同时这种冷也非常勇猛，有点直指人心，毫无商量的余地，若人接受得了还好，接不住就是一场劫难。尤三姐挥剑自刎使得柳湘莲毫无立足之地，面对如同跌落悬崖的处境，柳湘莲的撒手速度是让人措手不及的。

王熙凤的“放下屠刀”

人之将死其言也善，放眼整个家族，王熙凤的结局便是如此。这位极具手腕的主儿，毒设相思局、弄权铁槛寺、大闹宁国府、借刀杀人等，狠心起来毫不含糊。

王熙凤曾在铁槛寺说：“你是素日知道我的，从来不信什么是阴司地狱报应的，凭是什么事，我说要行就行。你叫他拿三千银子来，我就替他出这口气。”只看利益、不看因果的王熙凤弄权铁槛寺，牟取银钱，毫无敬畏之心。

秦可卿临终前，给王熙凤托梦，告知王熙凤“月满则亏，水满则溢”和“登高必跌重”的做人道理，同时把家族烈火烹油、鲜花着锦之盛的假象告诉了王熙凤。秦可卿的芳魂已经知道这个家族处于万丈悬崖之上的危险，对于涉身其中的王熙凤而言，秦可卿的警示如果能让其及早撒手，兴许还有绝后再苏的可能，但是王熙凤沉迷权势，终究是一番开示被当作一场梦。

到最后家族败落，王熙凤深信了因果报应，大限已到的她，被众冤魂缠绕而感到害怕。她深信刘姥姥可以求神祷告，王熙凤向刘姥姥倾诉时心神不宁如见鬼怪的样儿，和当年在铁槛寺之时盛气凌人的态度判若两人。

悬崖上的王熙凤，最后摔得够狠。但是在某种意义上而言，王熙凤并没有摔到崖底，毕竟她女儿巧姐得到了刘姥姥的救助，正是因为王熙凤当年对刘姥姥的救济，才得到这样一个回报。从因果的角度来看，巧姐的存活，也算是一种善念的存活。虽然王熙凤没有彻彻底底撒手，但是她对刘姥姥少有的善念，如同微微松了松握紧的手，于她而言已经是莫大的受益。可见这撒手的力量是多么不可思议。

烟雲一幅
輞川圖

若上彼岸则先舍船

纵观曹雪芹对贾宝玉的谋篇布局，从石头到神瑛侍者，再到贾宝玉，最后回归到本质，以这么一起红尘历劫的故事说太虚情，结红楼梦。

这场红尘历劫，本身就是堕入悬崖的过程，石头明知道“倒不如不去的好”，却还是要身处险境，无非是情关难逃。在第一百二十回中，贾雨村得知贾宝玉出家，便叹息道：“但那宝玉既有如此的来历，又何以情迷至此，复又豁悟如此？”甄士隐一语中的：“太虚幻境即是真如福地。一番阅册，原始要终之道，历历生平，如何不悟？仙草归真，焉有通灵不复原之理呢！”这里提到贾宝玉的来历，更直接地说是贾宝玉的出身之地，“原始要终之道”无非就是因果二字，什么样的开始，必定会有什么样的结局。“历历生平，如何不悟”，这一遭，必定是要在经历与践行之间，重新领悟与懂得，然后才能生起信心，发起大愿，有所行为，只不过是早晚罢了。

悬崖边，手抓的那根树枝，如同渡河的那艘船，当我们渡过了这条河，我们还舍不得这艘船，就永远上不了彼岸。船只不过是我们渡河的工具，过多的执着，便是走入了死胡同，身处悬崖上如果想救助自己，无非就是不要过于执着，要做到断疑生信，对正知的态度更要做到坚信不疑。

我们总结贾宝玉历劫的几种状态，身处悬崖上的他，如何握住树枝不肯放手，大致可分为以下几点：

世无花月美人，不愿生此世界。对于入世的执着，石头忘记了自己的出生之地“大荒山无稽崖青埂峰”，这里才是真正的有情之地，石头偏偏舍近求远，到温柔富贵乡温存若许年。这世间历劫的情是被染着的，不够究竟。以至于瞬息间又乐极悲生，人非物换，究竟是到头一梦，万境归空。这是第一种状态。

难将公子意，写入美人心。缠绵悱恻的故事，将林黛玉流泪升华到因果循环和结草衔环的高度，体现在她的流泪是为了报恩。林黛玉心中只有贾宝玉一人，而贾宝玉却心怀众生，遇到两难之事，贾宝玉便说当和尚去，以至于林黛玉会问贾宝玉到底有多少个身子当和尚。第二十八回，贾宝玉对林黛玉说："既有今日，何必当初！"林黛玉道："当初怎么样？今日怎么样？"贾宝玉将难言的情愫一一道来，生怕林黛玉不理解他的心思，基于这样的种种纠缠，别人问贾宝玉你为什么生病了，贾宝玉便回答说："我为林姑娘病了。"这是第二种状态。

世间安得双全法，不负如来不负卿。林黛玉说贾宝玉"只是一见了姐姐，就把妹妹忘了"，只因曹雪芹把贾宝玉生命中最重要的角色，一分为二给了林黛玉和薛宝钗，这让贾宝玉难分难舍，致使木石前盟和金玉良缘不可兼得。这是第三种状态。

隔门一道说相思，从此与卿两不知。人生自古两难全，当前世缘分在今生难以相续的时候，当泪水流干，早已还完前世灌溉之水的时候，也就是林黛玉离开的时候。

贾宝玉和薛宝钗两人难长久，可谓是完美诠释了"一切恩爱会，无常难得久，生世多畏惧，命危于晨露。由爱故生忧，由爱故生怖，若离于爱者，无忧亦无怖"。等到贾宝玉醒悟过来的时候，斯人已去，人天相隔。这是第四种状态。

修到红颜非薄命，此生又缺女儿心。大是大非都经历之后，贾宝玉领悟到太虚情和红楼梦，也在青埂之峰、鸿蒙太空之中知道自己的出身之地，最后他选择了在红尘的悬崖上撒手抽离，用甄士隐最后开示贾雨村的话来说："大凡古今女子，那'淫'字固不可犯，只这'情'字也是沾染不得的。

所以崔莺苏小，无非仙子尘心；宋玉相如，大是文人口孽。凡是情思缠绵的，那结果就不可问了。"缘起于此，缘灭于此，情最难久，故多情人必至寡情。一方面为情甚苦，另一方面性自有常，因地不真，果招迂曲。这是最后一种状态。

真正的悬崖是在"无稽崖"，这个悬崖对于石头而言，才是真正修行修身的地方。灵山在眼前，偏向远处修，纵然大道至简，却也有很多人犯低级错误。如同一僧一道当初对石头的劝告也无济于事，可见"听说"二字学问之大。

石头偏偏选择踏入红尘悬崖，这悬崖撒手的动作，只要石头领悟到其中的真谛，必定是绝后再苏，再苏之地便是大荒山无稽崖青埂峰。石头最终撒手了，但由于这个过程犹豫太久，导致付出的代价太大。

贾宝玉在雪地里辞父出家时，听到那句"俗缘已毕，还不快走"，便撒手人间，脱去蠢物，明心见性，识真语实语，入清凉之地，而得觉悟，还个本来面目。

风月宝鉴的自我救赎与堕落

王熙凤在贾瑞眼中，个人魅力已经到了极限。贾敬寿辰，王熙凤醉酒离开筵席，途中遇到了贾瑞，三两句暧昧的对话，就使得贾瑞“身上已木了半边”。贾瑞再见王熙凤的时候，见凤姐的打扮，所表现出来的反应是“亦发酥倒”；王熙凤与之对话，对他欲擒故纵，他喜得抓耳挠腮。贾瑞对王熙凤的痴迷，同王熙凤假意迎合的相思局，二人构建了一个身处悬崖的场景。

贾瑞对王熙凤起了色心，等同于跌入了悬崖，他对王熙凤过度痴迷，起于淫也死于淫。王熙凤初见贾瑞的时候，就在心里想“几时叫他死在我的手里，他才知道我的手段”。贾瑞自以为抓住了王熙凤的心，殊不知王熙凤设了一个要命的相思局。深陷其中的贾瑞，如同悬崖上那个握着不牢靠树枝的人，处于危机四伏的状态，还以为自己有一线生机，实则在自我救赎的路上愈走愈远。

跌入险境的贾瑞，获得了被救助的机会，跛足道人自称专治冤业之症。而此刻的贾瑞，满心想着凤姐，病入膏肓的他“一头睡倒，合上眼还只梦魂颠倒，满口乱说胡话，惊怖异常”，已然病得不轻。

跛足道人给了贾瑞一面风月宝鉴，镜子的正反面都能照，并告诉贾瑞："这物出自太虚幻境空灵殿上，警幻仙子所制，专治邪思妄动之症，有济世保生之功。所以带他到世上，单与那些聪明杰俊，风雅王孙等看照。千万不可照正面，只照他的背面，要紧，要紧！三日后吾来收取，管叫你好了。"

镜子的正面照出的是王熙凤，是照镜人的心之所想，由所想再到所现；镜子的反面显现的是骷髅，为的就是让照镜人幡然醒悟，切莫被皮相所迷惑。跛足道人让贾瑞照反面，无非就是希望贾瑞对王熙凤的邪思妄动尽早撒手，只有撒手了，才可以绝地逢生。但是贾瑞不肯听跛足道人的话，不懂骷髅的真实意趣，见镜子正面的凤姐向他招手，"心中一喜，荡悠悠的觉得进了镜子，与凤姐云雨一番"。照了镜子反面的贾瑞还骂道："道士混帐，如何吓我！"以致命丧于此。

跛足道人的救助最后换来了误解。代儒夫妇大骂"是何妖镜！若不早毁此物，遗害于世不小"，欲要烧毁宝镜，以除后患。一个人一旦愿意堕落，不管是谁的救助，都会显得苍白无力。

在我们的生活中，这样的案例不计其数。世间本无对错，只因众生执着。

不思善，不思恶，只看本来面目，能救助自己的无非是自己，救助之人的出现无非就是让你对真理和正知存以相信之心。只可惜，在追寻真理的路上，最大的悲哀一个是半途而废，一个是持以怀疑态度而从未开始。

一个人到底有
多少张面具

妙玉在十二钗之中是方外之人，但是她一样没有跳出太虚幻境的预言。妙玉这个角色在曹雪芹的笔下，被刻画得让每一位读者因不同的因缘，而生出不同的理解，所以也是一位最容易让人误解的角色。

妙玉出场的宿命

妙玉在第十八回的出场非常有意思，贾宝玉和林黛玉发生矛盾再度握手言和之后，他们一同来到了王夫人这边，听到了这么一段对话：

又有林之孝家的来回："外有一个带发修行的，本是苏州人氏，祖上也是读书仕宦之家。因生了这位姑娘自小多病，买了许多替身儿皆不中用，足的这位姑娘亲自入了空门，方才好了，所以带发修行，今年才十八岁，法名妙玉。如今父母俱已亡故，身边只有两个老嬷嬷、一个小丫头伏侍。文墨也极通，经文也不用学了，模样儿又极好……他师父临寂遗言，说他'衣食起居不宜回乡，在此静居，后来自然有你的结果'。所以他竟未回乡。"王夫人不等回完，便说："既这样，我们何不接了他来。"林之孝家的回道："请他，他说'侯门公府，必以贵势压人，我再不去的。'"王夫人笑道："他既是官宦小姐，自然骄傲些，就下个帖子请他何妨。"

这一段对话的信息量极大，交代妙玉才情的同时，也交代了妙玉的性情"侯门公府，必以贵势压人，我再不去的"，直到王夫人授权下帖去请，才搬到栊翠庵修行。最重要的一点，这段对话还道破了人与人之间的宿缘。

这段对话讲的是劫。来自苏州的妙玉因打小身体多病，无药可治，最后出了家才见好，这与林黛玉的情况一样。当年林如海夫妇为治林黛玉之病，多处寻求治疗未果，癞头和尚让林黛玉出家，“以后总不许见哭声；除父母之外，凡有外姓亲友之人，一概不见，方可平安了此一世”。尽管林黛玉得到了癞头和尚的指点，但是她并没有选择出家，相反，妙玉的出场，以王夫人和林之孝家的谈话，道出了妙玉的出家缘起，在场的林黛玉也听到了，这本身就是很明显的对比和暗示。

《红楼梦》是一面镜子，呈现出来的物与相都是一体两面的，林黛玉和妙玉都是得了只有出家方可有治的病，一个选择不出家，一个选择了出家。没有出家的林黛玉，最后因泪干死于此地，选择出家的妙玉最后因为家族的衰败而被强盗掳走。不管她们如何选择，是劫，谁也躲不过，不管你选择什么样的方式，该面对的终究会面对。

林黛玉应对劫难的方式是“凡有外姓亲友之人，一概不见”，妙玉则是“衣食起居不宜回乡，在此静居，后来自然有你的结果”。这两句话都是指贾家，林黛玉和妙玉此生的劫难都在这里。同时，妙玉最后的命运也呼应了贾宝玉在太虚幻境看到的画面："一块美玉，落在泥垢之中"。

前八十回妙玉最后一次出场，是林黛玉和史湘云在凹晶馆联诗，妙玉忽然出现了，并对林黛玉和史湘云说："只是方才我听见这一首中，有几句虽好，只是过于颓败凄楚。此亦关人之气数而有，所以我出来止住。"妙玉听出了林黛玉和史湘云诗中的命运暗喻。其实这个时候妙玉已经是大限来临了，她听到的不仅仅是林黛玉和史湘云的命运走向，同时也影射了她自己的命运。

曹雪芹的前八十回把妙玉推向了此处，后四十回的高鹗之续，非常合理地使妙玉的命运走向，以曹雪芹刻画其角色的起心动念为基本，合乎太虚幻境的预言。七十六回妙玉在凹晶馆听联诗，担心二位的运势；八十七回妙玉同贾宝玉听林黛玉弹琴，林黛玉的君弦断，妙玉从音律中道破玄机。曹雪芹和高鹗笔下的两个情节，都是用林黛玉的命运影射妙玉的命运走向，可谓是前后呼应。

该以什么眼看妙玉

关于妙玉的相貌，《红楼梦》整部作品中没有只字片语，这种写作手法，可谓让人眼前一亮。

从林黛玉的眼中看迎春、探春、惜春和王熙凤之貌，从贾宝玉眼中看薛宝钗，从贾母眼中看尤二姐的音容笑貌，书中皆有细说。然而妙玉这个人，该从谁的眼睛里来看呢？或者换句话来问，该是什么样的人，才配以他的视角来看妙玉呢？是仙子转世的林黛玉，还是红尘历劫的贾宝玉，抑或是同妙玉生活过的邢岫烟？这些人都不是，更直观地说是都不配。这是一个很有哲理性的问题。

妙玉是修行人，一切都是相由心生。其实不单单是修行人，众生都是在起心动念之间相由心转。读者应该怎么来看妙玉呢？我们是以佛眼看妙玉，还是以法眼看妙玉，还是以慧眼看妙玉？到最后都不是，何以故？因为过去、现在和未来都是不同的，不取于相最为关键。

觉一切相，悟一切本。关乎于妙玉的一切，都是由相到心，由心入相。如宝玉向妙玉祈求的梅花："原来这枝梅花只有二尺来高，旁有一横枝纵横而出，约有五六尺长，其间小枝分歧，或如蟠螭，或如僵蚓，或孤削如笔，或密聚如林，花吐胭脂，香欺兰蕙，各各称赏。”这段话表面是写梅，实则也在称赞养梅人妙玉，这种朦胧的写法，似有若无，如梦似幻。诚如高鹗之续中，详细写过林黛玉的衣着打扮，却以《玉簪记》戏中人的角度来刻画妙玉的装束，是戏是真，是戏是幻，给读者留下了很大的思考空间和想象空间，是极具智慧的一笔。

对于妙玉的相貌，试问你的眼里又看到了什么？

妙玉的茶、梅、棋、琴

谈及与妙玉有关的事物，很多人舍本逐末，想尽一切办法找妙玉和贾宝玉之情愫，不管是断章取义，还是臆想，但凡有可疑的地方，都不会放过。看妙玉，其实从四个角度就能看到她的缘起缘灭。

第一是茶。妙玉的判词是“欲洁何曾洁，云空未必空；可怜金玉质，终陷淖泥中”，用贾宝玉的评价是：“他为人孤僻，不合时宜，万人不入他目。”即便是贾母来到她的栊翠庵喝茶，妙玉只迎接，倒完茶之后也不怎么接待，而是同林黛玉、薛宝钗和贾宝玉三人喝茶。她对刘姥姥的嫌弃，为读者所诟病，一度认为出家人竟有如此分别之心是为不清净。纵观妙玉本人，她除了修行上的法执之外，还有生活上的洁癖，这是她修行上的障碍。栊翠庵品茶这一回，以茶的角度，来照见妙玉修行上的知见，过于追求清净的她，在“净”与“静”中矫枉过正，无法达到“淤泥定生红莲”的境界，最终的命运是在红尘淤泥中无法自拔。

第二是梅。栊翠庵的梅是李纨心心念念的对象，趁着贾宝玉雪天作诗落后，李纨罚贾宝玉去妙玉的栊翠庵求梅。栊翠庵中的梅有多美，作者大手笔写了一段，从相到形，从花到香。这从寺院踏入宅院的梅花，犹如妙玉的命运一样，最终陷入红尘淤泥中，可怜了“金玉质”的修持。

第三是棋。妙玉的一盘棋，作者竟大手笔描绘她的脸色，同时以钻牛角尖的下棋方式，暗示妙玉最后入了偏路。棋盘上“畸角儿”的争论，妙玉表示“我来得久了，要回庵里去了”，准备脱身的她，不想迷了路。宝玉殷勤地说：“这倒要我来指引指引何如？”宝玉连说了两个“指引”，一语双关，第一是为妙玉指引回栊翠庵的路，第二是为妙玉指引她即将要面临的劫难，她因此被指引到了林黛玉的潇湘馆。

此时的林黛玉正在弹琴，关乎于妙玉的第四个重要的物件，便是琴。妙玉听音律谈林黛玉的本末究竟，从“音律”到“因果”，妙玉只是对贾宝玉说“日后自知，你也不必多说”。其实妙玉也没有绕开自己的宿命因果，以至于回去后便走火入魔，梦到的一切在日后都成为事实。

槛内人对槛外人

对于贾宝玉而言，林黛玉是他的前世仙缘，今生情缘；蒋玉菡帮他安顿了的袭人，是他的俗缘；妙玉则是贾宝玉的佛缘。

第六十三回“寿怡红群芳开夜宴 死金丹独艳理亲丧”，妙玉为贾宝玉下帖写到“槛外人妙玉恭肃遥叩芳辰”，自称“槛外人”的妙玉让贾宝玉不知如何回帖。这时候贾宝玉见到了邢岫烟，她告诉贾宝玉昔年与妙玉的关系。贾宝玉夸邢岫烟说：“怪道姐姐举止言谈，超然如野鹤闲云，原来有本而来。”所谓的本就是指妙玉，宝玉夸邢岫烟就是夸妙玉，对于这么一位超然如野鹤闲云的妙玉，须眉浊物的贾宝玉如何自称?

贾宝玉相当谨慎，邢岫烟看了妙玉的帖子之后，评价妙玉之行为是“僧不僧，俗不俗，女不女，男不男”，这并非邢岫烟在贬妙玉，而是以非常人之举来形容妙玉的孤僻。

妙玉自称“槛外人”的举动，用宝玉回邢岫烟的话来说“他原不在这些人中算，他原是世人意外之人。因取我是个些微有知识的，方给我这帖子”。贾宝玉和妙玉的佛缘就在此，有点像当年灵山会上拈花一笑的典故，妙玉的一个帖子，贾宝玉就能看出其心思。他是带着宿世的慧根，才不敢贸然造次，他带有恭敬心的一番言论，颇得邢岫烟好评，并且告知他“槛内人”的其中缘由。

妙玉“槛外人”的典故出自：“纵有千年铁门槛，终须一个土馒头。”邢岫烟向贾宝玉解释“槛外之人”的意思是自谓蹈于铁槛之外了；并教贾宝玉只下“槛内人”名号，便合了妙玉的心了。

再看这一回目“寿怡红群芳开夜宴　死金丹独艳理亲丧”，生和死，是属于对立的两面，然而妙玉的槛外人和贾宝玉的槛内人，也是对立的两个世界。从群芳到独艳，这是生命的过程；从槛外到槛内，这是妙玉最后的宿命。在兴衰和生死面前，贾宝玉面对无常，逐渐领悟到“美中不足，好事多魔”八字的奥义，最后他从槛内人转换成了槛外人。

“过去心不可得，现在心不可得，未来心不可得”，过去槛外到未来槛内，这不是身的转变，而是心的转念。曹雪芹在《红楼梦》中着墨的这一笔，看似玩笑却让读者醍醐灌顶，笑中领悟了道理。

从诗和远方走来的史湘云

在金陵十二钗的女子中，史湘云是一个特殊的人物，虽然她同林黛玉、薛宝钗、妙玉三人都是外来之人，但是她在贾家的时间，比其余三人都要长。至于她和这个家族的命运，她算是可以从中抽离的一位。

史湘云的判词明确地交代了她是一个孤儿，寄养在叔婶家。关于史湘云的身世，曹雪芹并未做详细的描写，但从史湘云平日的用度和大量做针线活上可以看出，她贵为小姐，婶子却让她做着丫鬟的细活，也应了她那句判词“富贵又何为，襁褓之间父母违”。

诗词歌赋和柴米油盐

诗词歌赋和现实看似背道而驰，其实有着密不可分的关联，虽说现实的柴米油盐难以容纳诗词歌赋的高雅，但是诗词歌赋的高雅少不了柴米油盐的支撑。这一点林黛玉、贾宝玉等人可能领悟不到，但史湘云有着深刻的领悟，正是因为如此，在这个圈子混，她难免有时候会捉襟见肘。很简单的一个例子，第四十五回，大家想办一场诗社，奈何没有开支，便协商着找王熙凤，授予王熙凤监社御史的职位，好让她出钱。从这一点可以看出，风雅生活离不开现实的基础。

在这个圈子，能在诗词歌赋和柴米油盐两端游刃有余的人，当数薛宝钗。薛宝钗能够非常清晰地分析每个人所需。当史湘云过于诗情画意的时候，她没考虑过现实的开销，提出办诗社，但是以她的经济收入办诗社，即便是小规模的，肯定也是捉襟见肘。薛宝钗一五一十地跟史湘云分析，办诗社背后看不到的开支：“你家里你又作不得主，一个月通共那几串钱，你还不够盘缠呢。这会子又干这没要紧的事，你婶子听见了，越发抱怨你了。况且你就都拿出来，做这个东道也是不够。难道为这个家去要不成？还是往这里要呢？”薛宝钗的这席话使得史湘云听后踌躇了起来。

不光是史湘云如此，许多文人都有不考虑现实、回避现实的毛病。如本回大家结社，忘了史湘云，贾宝玉脑子一热，便要邀请史湘云，不料袭人出面阻拦说：“什么要紧，不过玩意儿。他比不得你们自在，家里又作不得主儿。告诉他，他要来又由不得他；不来，他又牵肠挂肚的，没的叫他不受用。”袭人说出这样的话，加之袭人和史湘云以前的交情，非常自然地反映出诗情画意背后的现实。通过薛宝钗和袭人两位极具现实主义的人讲出了史湘云背后的辛酸，是非常讨巧的，如果从贾宝玉口中说出这些柴米油盐的辛酸，则会显得特别突兀。

薛宝钗的铺里有伙计，家里有很多的螃蟹，因园里的主子们都爱吃，薛家至今还未请上一席，这时候没有经费的史湘云提出邀社做东，薛宝钗便建议自家出螃蟹，请上老太太连上园里的人，再从铺子里取几坛好酒，备上果碟，大家一起热闹。薛宝钗的建议是一举多得的，一则因自家一直要请大家吃螃蟹，可惜不得机会；二则史湘云邀社没多少经费，薛宝钗就以此名义请大家来吃螃蟹宴，再办一场诗社，既做了东，又帮史湘云解决了现实的问题。薛宝钗做事的老练是不显山不露水的，这也使得史湘云非常体面地把这场活动挺过去了。

然而对于有着小姐身份、没小姐命的史湘云而言，现实的捉襟见肘对她的个人情绪并没有多大影响，反而富贵人家的习气，在史湘云身上丝毫不减。用今天的流行话来说是闺中小姐的“伪精致”，这种“伪”来源于闺中生活不知精打细算地过日子，加之大家闺秀的教习、书香门第的熏习，自然而然有着书卷的气息。文人的艺术情怀往往表现出脱离现实生活，史湘云亦复如是。史湘云一贯大大咧咧的作风，使得她成了众人都喜欢的对象，就连林黛玉都对她欣赏有加，认可她的才情。

史湘云的出场

史湘云的出场是在第二十回，读者第一次看到史湘云的名字是贾宝玉在责备贾环的时候，说了一通话，更有个呆意思存在心里："因他自幼姊妹丛中长大，亲姊妹有元春、探春，伯叔的有迎春、惜春，亲戚中又有史湘云、林黛玉、薛宝钗等诸人。他便料定，原来天生人为万物之灵，凡山川日月之精秀，只钟于女儿，须眉男子不过是些渣滓浊沫而已。"

史湘云的正式出场也是在本回。贾宝玉正和薛宝钗说笑，忽见人说"史大姑娘来了"，二人便一齐来至贾母这边，只见史湘云大笑大说的。史湘云的正式出场是通过声音带出来的，有点像王熙凤的出场，但是不同王熙凤这样复杂的角色。对于史湘云的笑，曹雪芹也只是一笔带过，除此之外，史湘云长什么样子，穿戴什么样，是胖是瘦，是高是矮，曹雪芹在史湘云身上惜墨如金。

从贾宝玉的"呆意"中可以看出，尽管史湘云是在第二十回正式出场，但是她在这个家里的时间，不比林黛玉和薛宝钗短。第三十二回中，有一段对话交代了时间：

史湘云红了脸，吃茶不答。袭人道："这会子又害臊了。你还记得十年前，咱们在西边暖阁住着，晚上你同我说的话儿？那会子不害臊，这会子怎么又害臊了？"

史湘云和袭人的对话透露了很大的信息量，如"十年前"的袭人还没被贾母下派到贾宝玉处，史湘云和袭人在"西边暖阁住着"，可见史湘云对这个家族的情况是熟门熟路了。

对于这么一位熟客，曹雪芹对史湘云的描写并不像林黛玉、薛宝钗和妙玉的到来，详细地下了一番笔墨，而是通过不同的线索、不同的情节展开、不同人物之间对话的关系，以一种常态化

的表现方式，把史湘云这位熟客像镶嵌一样，嵌入这个家族。如贾宝玉听说史大姑娘来了，便去贾母那里见史湘云，“只见史湘云大笑大说的，见他两个来，忙问好厮见”；林黛玉第一次见贾母的时候“步步留心，时时在意，不肯轻易多说一句话，多行一步路，惟恐被人耻笑了他去”，见到王熙凤不知道如何称呼，还是众妹告诉是琏嫂子，林黛玉才敢赔笑见礼。同样是外来的客人，史湘云因为是熟客，所以她的“大笑大说”和“忙问好厮见”，不需要大量笔墨的铺垫和陈述，给人感觉史湘云并没有初来乍到的拘谨。曹雪芹如此轻描淡写，简单几笔的功夫，就能让读者对这个角色背后的故事觅迹寻踪，相当不简单。

史湘云的诗情、才情、性情和真情

史湘云的才华，在众多姊妹当中属于佼佼者。她和薛宝钗讨论第二天菊花诗的题目，最后决定以菊花为宾，以人为主来拟题目，咏菊和赋事兼具。

史湘云是有思想的，她和薛宝钗在拟定题目的时候，用尽了心思和情感。所谓的诗歌作品，就是将生活中无法直接提炼的美，通过诗歌作品表达出来；同时也是将一个人无法直接表达的情感，嫁接在某一件事物上呈现出来，所体现的效果是将无言的人和事美化。

对于这群处于青春期，拥有诗和芳华的女性而言，表达她们的情感，最直接的方式便是诗词歌赋的创作。一字一句中都蕴含着属于她们这个年龄的内涵和灵魂。如薛宝钗建议史湘云拟题要借物喻志，以菊花为宾、以人为主便是给某一样事物赋予灵魂；如郑思肖笔下写的菊“宁可枝头抱香死，何曾吹落北风中”和郑板桥笔下写的竹“千磨万击还坚劲，任尔东西南北风”，都是将一样事物赋予了人的情操；又如李白的“举头望明月，低头思故乡”和王安石的“春风又绿江南岸，明月何时照我还”，都是借一样事物特有的情境表达出自己的情绪。

这些诗词共通的地方是都将美放大，将人的情感和情怀融入其中，体现出事物的精神，表达出自己的一份情操。贾宝玉等人作海棠诗，后又作菊花诗，都是将那个纯真年代最自然和最直接的想法通过作品表达出来，对于他们而言，这些作品就是他们与岁月的对话。

在这些诗情的展现中，史湘云通过《对菊》和《供菊》，把自己的才情流露其中。

对 菊

别圃移来贵比金，一丛浅淡一丛深。
萧疏篱畔科头坐，清冷香中抱膝吟。
数去更无君傲世，看来惟有我知音。
秋光荏苒休辜负，相对原宜惜寸阴。

第一句“别圃移来贵比金，一丛浅淡一丛深”，从别的花圃移过来的菊花比黄金还贵，颜色深浅不一。第二句“萧疏篱畔科头坐，清冷香中抱膝吟”中的“萧疏篱畔”，是指萧条、简陋的家园，这一句暗喻菊花的清简自持、离群索居；“科头”原意为不戴冠帽，把头髻裸露出来，这里指没有束缚的悠闲生活，这一句诗表达出史湘云憧憬没有任何身份束缚的理想人生。第三句“数去更无君傲世，看来惟有我知音”，透露出史湘云生而为人的自信，她认为菊花孤标傲世，只有她一人是菊花的知音。史湘云兼具隐士和侠士的双重情怀，这是她的天真所致。第四句“秋光荏苒休辜负，相对原宜惜寸阴”表露出史湘云对菊的欣赏，她认为自己和菊相知相交，不辜负这美好的时光。

有意思的是《对菊》之后，史湘云继续续上《供菊》，有种意犹未尽的感觉。

供 菊

弹琴酌酒喜堪俦，几案婷婷点缀幽。
隔座香分三径露，抛书人对一枝秋。
霜清纸帐来新梦，圃冷斜阳忆旧游。
傲世也因同气味，春风桃李未淹留。

第一句诗中史湘云提到了喝酒。贾宝玉曾说女儿是水做的，如果把这些女孩比喻成不同的水，薛宝钗是药水，既有救世情怀也留世俗思想的三分热毒；林黛玉是泪水，她此生来此世界就是为了还泪；而史湘云可以称为酒水，她在很多场合都是离不开酒的，就像隐士过着悠闲的生活一样。所以在《供菊》的第一句中，史湘云表示喝酒的时候有菊花做伴，是与她相匹配的事情，同时有梅花的点缀愈发显得幽静，在赞美菊花和梅花的时候，史湘云也在表达自己的情怀。第二句“隔座香分三径露，抛书人对一枝秋”，史湘云借用了陶渊明的“三经径就荒，松菊犹存”。在某些方面，史湘云已经把自己想象成了陶渊明，不仅仅是她的诗作中有这样的表达，现实生活中，史湘云也非常大胆地女扮男装，她把现实中的行为带入了诗作之中，她认为看书累了，把书放到一边，一枝菊花便是眼前最美的秋景。第三句的意思是跟菊花在一起，伴随着秋霜会有新梦，也能在菊花丛中回忆起以前的美好。第四句“傲世也因同气味，春风桃李未淹留”，表达出史湘云和菊花一样，因为都有孤标傲世的情怀，所以她们是彼此的知己，纵然春天的桃花和李花开得再旺盛，史湘云也表现出不在意的态度。

从《对菊》到《供菊》，在字里行间，很容易发现史湘云不拘小节的隐士情怀，如“萧疏篱畔科头坐”和“春风桃李未淹留”这样无拘无束的表达试问能有几个人在现实生活中做到，然而史湘云大大咧咧地做到了。她的诗作中写“科头坐”，现实生活中是“憨湘云醉眠芍药茵”；她的诗作中写“未淹留”，现实生活中她毫不退让，敢于直接说出“他是小姐主子，我是奴才丫头，得罪了他，使不得”的话。史湘云的诗情中有她的才情，她的才情中透露出性情，在她的性情中展现出她的真情！

相对于史湘云作的《对菊》和《供菊》，那两首海棠诗，有史湘云独特的眼光和审美的标准，对于典故的引用，既不落俗，又兼具美感，有着极高的审美标准和文学修养。她一出手，便让大家看一句惊讶一句。

神仙昨日降都门，种得蓝田玉一盆。
自是霜娥偏爱冷，非关倩女亦离魂。
秋阴捧出何方雪，雨渍添来隔宿痕。
却喜诗人吟不倦，岂令寂寞度朝昏？

史湘云的性格兼具薛宝钗和林黛玉的特点，她既能像薛宝钗一样，用“主雅客来勤”劝说贾宝玉搞经济仕途的学问，也能写出像林黛玉一样的诗作，从史湘云夺魁的海棠诗就能看出她的风度和才情。

首联史湘云便引用了李商隐的“蓝田日暖玉生烟”，蓝田玉是指陕西产的玉，为什么要提到神仙降临呢？这里面有则关于蓝田玉的神话典故。传说有位仙人教一个凡人变玉的法术，这个人按照神仙的方法去种石头，过一段时间再挖出来，种下的石头就变成了玉。史湘云把这盆海棠花想象成仙人栽种的，没有一个字在夸海棠之美，却通过杜撰仙人种植海棠的神话，增添了很大的想象空间。

颔联化用的又是两则神话故事，“霜娥”对“倩女”，一个是讲在天上司雪的仙女，一个是讲为了伴随夫君进京赶考的女子，把身体留在了家中，灵魂跟随了夫君，直到夫君回来，这位女子的身体才康健，后来家人才知道她的大病痊愈是因为魂和肉体聚在一起了。

颈联也是对仗非常工整的一句，“秋阴”对“雨渍”，“雪”对“痕”，史湘云将秋阴拟人化了，秋天哪里来的雪？自然“何方雪”说的不是雪，而是在讲海棠如雪一样的花瓣，非常灵动的一句。直到尾联史湘云才以诗人的喜爱和吟诵，直接表达出对海棠的赞美。

蘅芷阶通萝薜门，也宜墙角也宜盆。
花因喜洁难寻偶，人为悲秋易断魂。
玉烛滴干风里泪，晶帘隔破月中痕。
幽情欲向嫦娥诉，无奈虚廊夜色昏。

不同于第一首，这首海棠诗的首联，史湘云写海棠“也宜墙角也宜盆”，也是在表达她自己的那份随缘的生活态度。到了颔联，她便直接表达出了无奈和伤感，“喜洁难寻偶”和“悲秋易断魂”都是人生的两难。颈联把在风中摇曳的海棠花比作雪白的蜡烛所摇曳的烛光，同时从帘内看月色下的海棠更加影影绰绰。这一句的起笔非常高，将月光和白色在同一空间交织在一起，在动态和静态、光和色之间显得很有层次感。尾联也是拟人化，写出了史湘云在现实生活中羞于启齿的“富贵又何为”的无奈。

诗的背后是人，物的背后是情，史湘云的诗作兼具了林黛玉的才华和薛宝钗的大气，同时也有自己的孤影伶仃之叹。

联诗背后的命运走向

在史湘云的性情之中，还带有几分的侠情。第七十六回“凹晶馆联诗悲寂寞”，史湘云和林黛玉联诗，两人互相欣赏且又互相不服，林黛玉是才女，史湘云也是才女，她在有才情的同时也兼具侠女的风范。

第七十六回写到林黛玉和史湘云联诗，正在兴头上，林黛玉忽然看到了一个影子，胆小的林黛玉以为是鬼，反而史湘云不害怕，充当了保护林黛玉的角色，说了一句：“可是又见鬼了。我是不怕鬼的，等我打他一下。”然后她捡起一块小石头扔了过去，发现是一只大白鹤。史湘云此刻的侠女风范是流淌在骨子里的，所以面对这样的场景，她和才女林黛玉的表现截然不同，也正是因为这样的性格，导致她接下来得出一句“寒塘渡鹤影”，使得林黛玉叫好又跺足，绞尽脑汁地想了半天才得出一句“冷月葬诗魂”。庚辰本是“花魂”，程乙本是“诗魂”，从这句之后，两人的联诗已经不再是作诗了，而是点到了生命最后的归宿。

林黛玉先前见到黑影以为是鬼，得来两句诗之后，再次出现黑影，她们诧异，最终一看是妙玉。作为十二钗中的四位客人，除薛宝钗外，还有林黛玉、史湘云和妙玉三人，其实这三人的命运都埋藏着巨大的伏笔。在这里，最为关键的便是妙玉的点评："只是方才我听见这一首中，有几句虽好，只是过于颓败凄楚。此亦关人之气数而有，所以我出来止住。"妙玉的这句影射了林黛玉和史湘云最后的命运走向，史湘云的性格就像闲云野鹤一样，她的判词的画面是"几缕飞云，一湾逝水"，她的人生就如一只孤鹤，伴随着一湾逝水的寒塘。林黛玉则早早地感受到生命的不可依靠和无常，她在春天葬花，在生命的最后焚稿，既"葬花魂"又"葬诗魂"。

她们在联诗中道出了自己的宿命，一旁的妙玉听后，悟出了里面的玄机便出来制止，但是妙玉看得透别人的命运，却无法领悟自己的命运。她在听到林黛玉和史湘云的人生预示的时候，其实也暗示了妙玉的命运和她们二人相仿，她们三人的命数都快要到来了。

人之气数瞬息万变，最终她们散的散，走的走，死的死。我们看本回回目"凸碧堂品笛感凄清　凹晶馆联诗悲寂寞"，中秋月圆之夜，贾母看到家里的人气每况愈下，感受到了家族的衰败和凄清，纵使自己的身体熬不住，她都不愿意散场。这在本回已经是非常大的一个伏笔，加之林黛玉和史湘云的联诗，其中寓意也是不言而喻。俗话说当局者迷，林黛玉的联诗就连史湘云这个参与者都听出了不对劲，便说："诗固新奇，只是太颓丧了些。你现病着，不该作此过于清奇诡谲之语。"史湘云跟妙玉一样，看得透别人，却看不明白自己。

高鹗之续的后四十回，只有薛宝钗最后留了下来，再来看本回，作为十二钗中的四位外来女孩，曹公单单踢开了薛宝钗，细看前后的因缘果报，都是有宿命的安排在其中千里铺长线。

真性情与真风流

《红楼梦》关于美的大戏有很多场，如黛玉葬花、宝钗扑蝶、晴雯补裘、彩云沉宝等，都是讲述生命最美的形态与感动。在这些大戏之中，不难发现这些美的背后离不开真性情，主人公们把这些原本藏在内心深处的美，以最纯真最直接的情绪赤裸裸地表达出来了。

同这些举例的大戏一样，湘云醉眠芍药茵也是一出绝美的大戏，关于这个画面，时常出现在不少画家的笔下。大家津津乐道憨湘云醉眠，将那种无邪之美呈现在不同的表达形式上，在美的背后，可谓是真名士自风流。

史湘云曾经被林黛玉调侃过："偏是咬舌子爱说话，连个'二'哥哥也叫不出来，只是'爱'哥哥'爱'哥哥的。"恰恰"二"和"爱"说不清的她，表现出一种娇憨的可爱。史湘云咬舌，但她又极其话多和啰唆，这种啰唆就连酒席上，她都能发挥到登峰造极："酒面要一句古文，一句旧诗，一句骨牌名，一句曲牌名，还要一句时宪书上的话，共总凑成一句话。酒底要关人事的果菜名。"这是史湘云定下的游戏规则，众人听了都嫌史湘云的酒令比人还唠叨，但不乏趣味。史湘云的话多，不会让人觉得烦，倘

或现实中有哪个小女孩话多得没完没了，肯定会惹得大家不耐烦，但是史湘云的话多，恰恰踩到了娇憨的点上，因此她的话多显得非常讨巧。如醉后的史湘云，曹公把她的娇憨可爱的一面写得很详细：

“果见湘云卧于山石僻处一个石凳子上，业经香梦沉酣，四面芍药花飞了一身，满头脸衣襟上皆是红香散乱，手中的扇子在地下，也半被落花埋了，一群蜂蝶闹穰穰的围着他，又用鲛帕包了一包芍药花瓣枕着。”

曹雪芹把整个落英的画面写活了。如果将“芍药花飞了一身”改为“芍药花铺了一身”，这醉眠芍药茵的画面便缺乏了极致的美感，一个“飞”字，既写出了画面的动态美感，也写出了史湘云真性情与毫不做作的灵动和灵性，展现出她酒后自然状态的纯真之美，所以才会惹得大家又是爱又是笑。

更为可人的是，就连在醉酒的状态下，史湘云都没有半分的安静，口内犹作睡语说酒令，唧唧嘟嘟地说："泉香而酒洌，玉碗盛来琥珀光，直饮到梅梢月上，醉扶归，却为宜会亲友。"本回史湘云的亮点体现在"憨"字上，但是在憨的背后，我们看到的是一位大才女的才情展露。她在醉酒的酣睡中，都能把欧阳修的《醉翁亭记》和李白的诗句等典故信手拈来，说出来的酒令还不失魏晋之风。这个不显山不露水的情节，把史湘云的才华与生命的美丽展露出来，并且在这么一个大自然的环境下，将她无形的美融进了有形的文字中。如果说史湘云在清醒的状态下，所作出来的作品有思想的维度和深度，那么在醉酒酣睡的状态下，她还能在作品中表达出她的真性情和真风流，可见她敢公开说小戏子像林黛玉，敢直接拿薛宝钗压林黛玉，是多么本真。

史湘云的精致可爱，非常天真烂漫的一面在酒桌上得以展现。如果说冷香丸是平衡薛宝钗矫枉过正的礼教热毒的药，泪水是了结林黛玉前世欠下的恩情的礼物，茶水是染着妙玉的修行障碍，那么酒水就是释放史湘云真名士和侠情的本性的钥匙。她们都有自己此生所依附之物，曹公大手笔地写史湘云在酒桌上的性情，写她的直爽和本真别具一格，同时也把生活中这个爱扮男装的小姑娘写得灵动和憨厚，惹得大家喜爱。

有多少个王熙凤可以重来

曹雪芹在判词中将王熙凤形容成一只雌凤，可见她是数一数二的厉害人物，作为脂粉队里的女英雄，王熙凤把男人玩弄于股掌之中，极具手腕。但是王熙凤最终的下场非常惨，一方面，是由于她弄权获取非法利益，最终导致自己的暗室欺心昭然若揭；另一方面是由于她生前把很多事情都做得太过决绝，没有给自己留下丝毫的余地，以至于在家族落难的时候，成为众人一起推倒的对象。

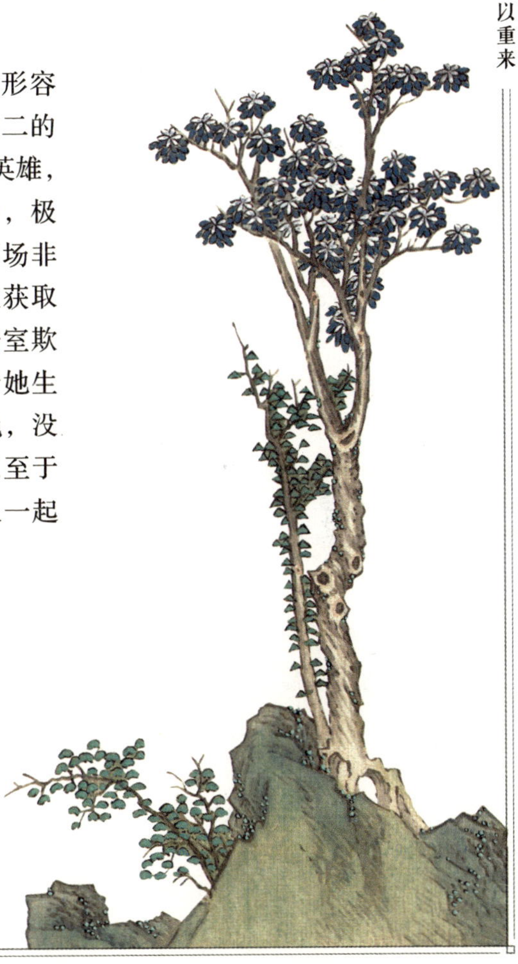

从声音到声势

凤姐的出场，赢在了先声夺人，这种“声”包含了声音和声势。曹雪芹刻画王熙凤的角度煞费苦心，颇值读者嚼味，凤姐形象的构成，也是在这种苦心安排中显得自出机杼。

王熙凤初见林黛玉的时候，是笑声先到人未到，具体是怎样的笑声，曹雪芹没有多加描绘，而是从林黛玉的纳罕“这些人个个皆敛声屏气，恭肃严整如此，这来者系谁，这样放诞无礼”，将王熙凤的笑声写得特别有渲染力。“敛声屏气”的众人和“放诞无礼”的王熙凤，两种鲜明的对比，活脱脱地将王熙凤那“一双丹凤三角眼，两弯柳叶吊梢眉，身量苗条，体格风骚，粉面含春威不露，丹唇未起笑先闻”的外貌给烘托出来。可见她的出场一点儿都不露怯。

先声夺人的王熙凤能够让林黛玉心中纳罕，无非是王熙凤出场的声势属人耳目，加之与林黛玉见面时，王熙凤对林黛玉嘘寒问暖，一番推己及人的漂亮话，以及井然有序的人情世故的打理，活脱脱地把王熙凤“粉面含春”和“威不露”的双面性层层相扣，非常有层次地呈现出来。

对于一般人而言，同时具备“粉面含春”和“威不露”这两样是少之又少，王熙凤却能双重驾驭。王熙凤的多重人格如同她的丹凤三角眼一样深不可测，这种深不可测直到第六十八回，尤二姐初见王熙凤的时候更显入木三分：“尤二姐一看，只见头上皆是素白银器，身上月白缎袄，青缎披风，白绫素裙。眉弯柳叶，高吊两梢，目横丹凤，神凝三角。俏丽若三春之桃，清素若九秋之菊。”从粉面含春到素面含春的状态，王熙凤不管是在“恩”中还是在“威”中都能两者并重。

在林黛玉和尤二姐的眼中，王熙凤的声势毫无掩藏，对于见不到王熙凤的人而言，王熙凤的声势也骇龙走蛇，以至于尤三姐戏二贾的时候，也不忘在鱼死网破的同时发狠说：“我也知道你那老婆太难缠，如今把我姐姐拐了来做二房，偷的锣儿敲不得。我也要会会那凤奶奶去，看他是几个脑袋几只手。若大家好取和便罢，倘若有一点叫人过不去，我有本事先把你两个的牛黄狗宝掏了出来，再和那泼妇拼了这命，也不算是尤三姑奶奶！”正是因为王熙凤的声名在外，她的厉害之处令尤三姐的潜意识里害怕，而这种害怕需要发泄，最终演变为发狠。

王熙凤不仅仅在脂粉堆里让人敬畏，就连在男人堆里，她的声势也让下面的人闻风丧胆。秦可卿逝世，贾珍托王熙凤管宁国府的丧事，宁国府中都总管来升传齐同事人，在公开的场合下跟大家敲警钟："如今请了西府里琏二奶奶管理内事，倘或他来支取东西，或是说话，我们须要比往日小心些。每日大家早来晚散，宁可辛苦这一个月，过后再歇着，不要把老脸丢了。那是个有名的烈货，脸酸心硬，一时恼了，不认人的。"来升公开场合毫不避讳地说王熙凤是"烈货"，与贾母口中的"凤辣子"，虽然表达的语境不同，但是对于形容王熙凤这泼辣货的脾气，可谓毫无二致。王熙凤本已是先声夺人，她的"辣"更是让人胆战心惊，以至于在管理上矫枉过正，但凡她放声一笑，从声音到声势，整个一女强人的做派。用十三回结尾处总结王熙凤，是"金紫万千谁治国，裙钗一二可齐家"。

王熙凤的“规矩”

读者给贾琏的标签是好色，但是我想问，贾琏的好色是家教问题，还是社会的问题？有时候想想，事情不单单只有一面，可能性有很多。贾琏之所以好色到如此地步，他的老婆王熙凤才是背后的始作俑者，她的控制欲永远都会对贾琏说不，然而贾琏的内心世界永远与王熙凤背道而驰。

有时候认真想一想，生活中我们确实如此，越是不让做的事情，越是想做，就像亚当和夏娃明知道这个苹果不能吃，上帝也不让吃，最后他们还是一起吃了。

王熙凤的严，有点像我们学生时期住校的那扇大铁门，越是不让我们出去越是想要出去，贾琏就像那被关的学生。但是我们比贾琏幸运好多，至少我们想要出去的时候，还有可能从老师那里得到一张被批准的请假条，而贾琏在王熙凤那里，连申请“请假条”的可能性都没有，因为这种想法在萌芽中就已经被消灭了。

同样的例子，袭人越是不让贾宝玉吃胭脂，贾宝玉越是偷偷吃，所以有时候管理者的严在无形中给人制造了一个欲望反弹的空间。贾琏的好色之心，其实和贾宝玉想吃女人的胭脂一样，都是在严与宽、纵欲与禁欲之间酝酿出来的。所以在贾琏和王熙凤之间，出现个尤二姐是正常的，即使尤二姐不出现，贾琏一样会在背后偷腥。

王熙凤生日那天，贾琏在家里偷腥，被王熙凤知道后大打大闹，搞得全家鸡犬不宁。最后贾母出面，不冷不热的一句话便带过去了："什么要紧的事！小孩子们年轻，馋嘴猫儿似的，那里保得住不这么着。从小儿世人都打这么过的。都是我的不是，叫你多吃了两口酒，又吃起醋来。"贾母那句"从小儿世人都打这

么过的”，可见贾琏的好色之心除了本性使然之外，也有种被王熙凤逼出来的可能。王熙凤越是严格，贾琏的越是心猿意马，难以控制。所以我说立规矩的人总以为会压制住别人，实则不然，虽然对方暂时能服从，但是背道而驰的行为依然存在。规矩是给自觉的人设立的。

贾琏不仅是好色之徒，他也是在寻求刺激，用肉体上的贪婪来满足精神上的空虚。以局外人的角度来看，他除了放纵外，也是在向王熙凤抗议，甚至可以说他是在向王熙凤挑战！这一切很大程度上是王熙凤的控制所导致的。

锁是锁君子的，锁不住小人，规矩就像锁一样，是定给君子的，而非定给小人。规矩禁锢一个人的同时，也能放纵一个人，所以在王熙凤的掌控之下，贾琏被禁锢的同时也在放纵那颗被禁锢的心。

其实不仅仅贾琏如此，在整本书中的人情世故都是如此，最典型的例子就是王熙凤和赵姨娘之间。赵姨娘臭骂犯了错的贾环，一旁经过的王熙凤听到后，便说："凭他怎么去，还有太太老爷管他呢，就大口啐他！他现是主子，不好了，横竖有教导他的人，与你什么相干！"可见赵姨娘这不上不下的主子身份，有多么尴尬，连自己孩子的教育权都没有。

可是等贾环闯祸之后，王熙凤却又责备赵姨娘："赵姨娘平时也该教导教导他！"同样的事情，从王熙凤嘴里说出来千变万化，王熙凤嘴里的规矩都是用来放纵自己做事方便，约束别人造成麻烦，人性的复杂多面也因此在她身上淋漓尽致地体现了出来。

个人行为和家族行为

贾雨村和冷子兴聊起荣国府和宁国府的情况，只看表象的贾雨村哪知府上的萧疏，冷子兴倒是毫不避讳地把家族的情况告知：“古人有云：‘百足之虫，死而不僵。’如今虽说不及先年那样兴盛，较之平常仕宦之家，到底气象不同。”

对于这个家族的情况，冷子兴的一番总结就像是预言。综观府上的几件大事，从秦可卿的丧事到元妃省亲，从除夕祭宗祠到贾母过寿，从元宵夜宴到中秋赏月，荣国府不管是财力还是人力都每况愈下，尽管如此，这个家族的场面在外人看来，依旧毫不逊色。用面对家族内部抄检的探春的话来说：“可知这样大族人家，若从外头杀来，一时是杀不死的，这是古人曾说的‘百足之虫，死而不僵’，必须先从家里自杀自灭起来，才能一败涂地！”强弩之末的家族是从内部开始腐烂的，这种家族现象或者家族行为，就像是镜像效果一样，有物才能有像。从这个像的呈现效果来看，这个物，我们可以从管事的王熙凤身上，找到蛛丝马迹。

作为管事的王熙凤，最让人不可思议的地方便是她对钱财的贪得无厌。王熙凤扣下人的月钱放高利贷，拖延发放的时间，严

重到袭人都亲自过问月钱何时发放。王熙凤既然敢动下人的钱放高利贷，必定也敢要别人的钱左右攀缘，如铁槛寺内王熙凤要三千两银子包揽诉讼，收了别人的财物，事儿却没办好。王熙凤伙同贾琏说服鸳鸯典当贾母的古董，不仅如此，还从中抽提成。因为贾琏金屋藏娇，偷偷纳妾，王熙凤大闹宁国府后，为了补之前财务上的窟窿，压制尤氏，可谓是一石三鸟，简简单单地讹诈了五百两银子。

对于这个家族上下“油瓶倒了都不会有人扶”的集体现象，王熙凤也是领教过。精于算计的王熙凤，其实非常明白，对上，有贾母和王夫人等人，都是只看排场不管费用的人；对下，但凡钱不到位，指派人的力度都会大打折扣。不仅如此，就连贾琏但凡知道王

熙凤有点银子，便会想尽一切办法索取；还有朝廷的公公和外面的穷亲戚打点，都是一笔笔人情债。

尽管王熙凤如此贪婪，对于这个家族的开支而言依旧是杯水车薪，王熙凤的种种行为属于个人行为，但也与家族的式微有很大的关联。如七十二回，王熙凤催着旺儿媳妇将外头所有的账一概赶年底下收进来，少一个钱都不依。面对旺儿媳妇的奉承话，凤姐冷笑道：“我也是一场痴心白使了。我真个的还等钱作什么，不过为的是日用出的多，进的少。这屋里有的没的，我和你姑爷一月的月钱，再连上四个丫头的月钱，通共一二十两银子，还不够三五天的使用呢。若不是我千凑万挪的，早不知道到什么破窑里去了。如今倒落了一个放帐破落户的名儿。”王熙凤这席话，带着诉苦的成分，“日用出的多，进的少”符合了冷子兴对贾雨村所言“内囊却也尽上来了”；王熙凤特意说明银子是自己千凑万挪的，在这凑和挪的背后，有王熙凤昔日用尽手段的填补。王熙凤的贪绝不是因为她对金钱的爱慕，毕竟她也出身于四大家族之一，她的贪不比贾雨村做官后的贪，贾雨村的贪是穷怕了的贪，王熙凤的贪是为了遮羞大家族门面而贪，区别很大。

王熙凤接着说：“前儿老太太生日，太太急了两个月，想不出法儿来，还是我提了一句，后楼上现有些没要紧的大铜锡家伙四五箱子，拿去弄了三百银子，才把太太遮羞礼儿搪过去了。我是你们知道的，那一个金自鸣钟卖了五百六十两银子。”王熙凤强调“太太急了两个月”，足以说明这个家族的众人毫无用武之地。面对家族的腐败，总需要有人出来背锅，对于管理者而言，有时候做多错多，王熙凤就是这个做多错多的人。王熙凤也抱怨道：“没有半个月，大事小事倒有十来件，白填在里头。今儿外头也短住了，不知是谁的主意，搜寻上老太太了。明儿再过一年，各人搜寻到头面衣服，可就好了！”半个月大小十来件白花钱的事情，是隐性的开支，人情世故的往来是看不见的一笔开支，面对这样的家族情况，王熙凤不管面对什么样的事情，就像是一把伞一样，大事小事都需要撑起来。

从这个家族的行为和王熙凤的个人行为可以看出，二者之间如同铁和锈的关系，如果铁不腐蚀，如何能生锈？也正是生锈了，才促使铁快速腐蚀，这种关系是相辅相成的。

王熙凤和夏金桂：两种狠媳妇

王熙凤的笑声，盖过了她首次出场的珠光宝气。不仅如此，狠角色必然有着非同凡响的地方，如贾瑞癞蛤蟆想吃天鹅肉，意欲撩闲王熙凤，有意思的是，曹雪芹在写王熙凤“几时叫他死在我的手里”的同时，也不忘写出王熙凤的笑，能让贾瑞的身子木了半边。最典型的例子便是王熙凤审兴儿时还不忘微微冷笑，吓得兴儿对贾琏和尤二姐之事知无不言。

作为管家、儿媳、孙媳妇的王熙凤，集大权和美貌于一体，自然不是一般人能够匹敌的，这不仅仅体现在能力上，更体现在见识和处事的方式上。刘姥姥第一次见王熙凤的时候，王熙凤多少也知道刘姥姥的情况，但是曹雪芹用“忙欲起身、犹未起身”来描写王熙凤对刘姥姥的虚礼。这八个字写得有水平，对于王熙凤和刘姥姥两者而言，让王熙凤起身给刘姥姥行礼，难免丢了大家族的脸面，刘姥姥的身份达不到这样的层次，倘或她不行礼反而又显得缺失了大家族的教养，然而曹雪芹用“忙欲起身、犹未起身”这八个字，不显山不露水地把王熙凤的教养和分寸给写出来了，这也让刘姥姥在周瑞家的面前称赞她“倒不拿大”。

王熙凤是贾母口中的“泼皮破落户”，在书中，行事泼辣的角色，除了王熙凤，大家必然会想到薛蟠的妻子夏金桂。王熙凤的泼，是有张弛力的；而夏金桂的泼，则是泼得有点像是市井小民骂街的粗俗霸道。夏金桂自视极高，那是跋扈，王熙凤的“倒不拿大”却是处处显范儿。

王熙凤的出场是声音的出场，夏金桂的出场，则是味觉的出场。七十九回说夏金桂“若论心中的邱壑经纬，颇步熙凤之后尘”，因为娇生惯养，生出了“盗跖”的脾气，对于看不过眼的人，更是有宋太祖灭南唐的做派，这一点像极了王熙凤。夏金桂的“爱自己尊若菩萨，窥他人秽如粪土”也和王熙凤的“估着有好事，他就不等别人去说，他先抓尖儿，或有了不好的事，或他自己错了，他便一缩头推到别人身上来，他还在旁边拨火儿”作风一致。

夏金桂的吃食，犹如王熙凤的笑一样有意思。夏金桂“生平最喜啃骨头，每日务要杀鸡鸭，将肉赏人吃，只单以油炸焦骨头下酒”，仅仅只看这句，就能从字里行间读出这是一个狠角色。这也让我想起了苏童在小说《妻妾成群》里写到四太太颂莲嫁到陈家时，是“那顶轿子悄悄地从月亮门里挤进来，下来一个白衣黑裙的女学生”，这一个“挤”字用得极好，一个字就把角色往后的命运总结到位。我们常说吃人不吐骨头，然而夏金桂的狠在于不吃肉，只吃骨头而且要吃油炸过的骨头。

王熙凤的狠是毒，是有双面性的，既可以做解药也可以做毒药；然而夏金桂的狠是横，蛮横无理，她们是两种极端。夏金桂的狠不是为了解决问题，而是闹得鸡犬不宁，王熙凤的狠是为了解决自己的问题，二者在层面上已经截然不同。

秦可卿的梦中托孤

秦可卿是金陵十二钗中的一员，同时也是死得最早的一位，在《红楼梦》第十三回，秦可卿死前给王熙凤托梦，可谓是非常重要的一笔。曹雪芹没有大手笔地讲述秦可卿死去的过程，而是通过秦可卿在王熙凤梦中的遗言，将这个人的离去和家族的命运，以预示性的方式剧透。不管是对王熙凤的劝说，还是对读者的开示意味，《红楼梦》第十三回，都包含着世法的呈现方式。

秦可卿在王熙凤的梦中，告诉王熙凤“月满则亏，水满则溢”“登高必跌重”“树倒猢狲散”的世法现象，并且预测家族日后有两件不妥之事，需要王熙凤提前办理。

秦氏冷笑道：“婶子好痴也。否极泰来，荣辱自古周而复始，岂人力能可保常的。但如今能于荣时筹画下将来衰时的世业，亦可谓常保永全了。即如今日诸事都妥，只有两件未妥，若把此事如此一行，则后日可保永全了。” 秦可卿在王熙凤的梦中对王熙凤的劝告和建议，其实就是一种预示。出身寒门的秦可卿，深知家族的百年基业已经在走下坡路了，这个时候，秦可卿将两件未妥之事分析给王熙凤，其实是一门很大的学问。

凤姐在梦中问秦可卿是什么事情，秦可卿向王熙凤点明："目今祖茔虽四时祭祀，只是无一定的钱粮；第二，家塾虽立，无一定的供给。依我想来，如今盛时固不缺祭祀供给，但将来败落之时，此二项有何出处？莫若依我定见，趁今日富贵，将祖茔附近多置田庄房舍地亩，以备祭祀供给之费皆出自此处，将家塾亦设于此。"秦可卿指出"祖茔虽四时祭祀，只是无一定的钱粮"，在古代，家族祭祖的祖坟旁，是可以置办田地的，通过田地的置办，算是家族的田产，一旦家族出事，家产都要充公，唯独祖坟的产业是不能充公的。在封建社会制度中，孝道是不可破坏的。秦可卿第一时间想到保住家族的基业作为最后的退路，也指出了家族没落的命运。百年基业，每况愈下，一代不如一代，家族的没落很大一部分原因在于忘本。

同时秦可卿还建议道："合同族中长幼，大家定了则例，日后按房掌管这一年的地亩、钱粮、祭祀、供给之事。如此周流，又无争竞，亦不有典卖诸弊。便是有了罪，凡物可入官，这祭祀产业连官也不入的。便败落下来，子孙回家读书务农，也有个退步，祭祀又可永继……"秦可卿建议不仅仅置办田产，同时在目前家族能力尚可的时机，备祭祀供给之费，因为这笔费用在日后家族遇难之际，也不会充公。并且在家族财产的管理上，秦可卿建议按房掌管，而不是一家独大，这是秦可卿在家族利益管理上，独到的一面。

虽然秦可卿去世得早，但是在关键时机，秦可卿便会在王熙凤的梦中出现，叹息家族衰败的命运。秦可卿有居安思危的敏锐，面对家族的基业正在快速衰败的现象，她非常急切地告知王熙凤“登高必跌重”的道理。书中的女性角色除了王熙凤、薛宝钗和探春有着不同一般的管理能力，其实在《红楼梦》第十三回，秦可卿托梦的内容中，也可以看出秦可卿在管理上的深谋远虑。用我们今天的思维来看，秦可卿托的建议，其实就是家族风险的一种管理与转移的超前思维。她不仅仅是在基业上有所建议，同时

对家族的教育和人才的培育，也有着自己独到的见解。秦可卿看出家塾虽立，无一定的供给的问题，建议王熙凤要提前为家族做好准备，为家族兴盛学业培养后人，为家族的栋梁人才打好根基。

其实家族此时已然是人才空无，世袭的世袭，捐官的捐官，啃祖上恩德赐官的赐官，即便是金山银山都经不起众人的挥霍和浪费，秦可卿将这些都看得非常明白，认为唯有培养朝廷的人才方可有所裨益。秦可卿作为女流之辈能有这样的胸怀，本身在这部作品中就有着很大的讽刺意味。百年基业，否极泰来，周而复始，非人力可保，居安思危，以备不时之患，这些世法的智慧，却体现在王熙凤的梦中，梦醒之后空空全无，这一神来之笔，可谓令人醍醐灌顶。

王熙凤的管理才能

第十三回，秦可卿去世，表面上这一回在写秦可卿的丧事，实际上是在描写贾府的门面。先是薛蟠送贾珍一副价值不菲的棺材板子，然后是贾珍给儿子贾蓉买官，最后又是府上接待不过来，在贾宝玉的举荐下，贾珍请求王夫人同意王熙凤协助料理。

秦可卿的丧事，把王熙凤管家的一面全盘托出。贾珍的到来，“唬的众婆娘唿的一声，往后藏之不迭，独凤姐款款站了起来”。在这里有个很明显的对比，别的女眷见到男人进来，都回避开来，唯独凤姐款款站了起来。这是一个很有意思的对比，放眼去看王熙凤这个角色，脂粉队里的英雄，束带顶冠的男子也比不过她，这说明王熙凤有着非常人的魄力，这种魄力就是一般女性不具备的管理者风范。

在这个家族中，薛宝钗也是一个管理上的能手，但是薛宝钗的性格和王熙凤恰恰相反，薛宝钗凡事都喜欢藏着，王熙凤却不是，王熙凤喜欢出人头地，亮出自己的本事和风光。这个时候她见到贾珍，完全不回避的举动，恰恰跟她的性格有关，她从不觉得自己比男人逊色。

贾珍把自己来上房的意图告诉了王熙凤，并希求王熙凤能够出面料理他们府上的事情。出于长辈对晚辈的保护，王夫人有所顾忌，并不希望王熙凤出面，主要怕她料理不清，惹人耻笑，可贾珍言辞恳切，奈何王夫人也于心不忍。而这个时候的王熙凤，心中早已有自己的主意。

王熙凤一直希望能展示自己管理上的才干，没有操办过婚丧大事，贾珍相求，她自然欢喜。但碍于王夫人这层关系，她不敢直接表态，后又见王夫人有动摇的意思，赶紧趁热打铁，迫不及待地应邀。这是王熙凤情商高的一面，她晓之以理地消除王夫人的疑虑，懂得以退为进来满足自己的欲望。王熙凤在管理上，能做到游刃有余，有退有进，完全在于她能屈能伸的性格，这种能屈能伸的性格，往往又使她做事恰到好处，这是一种能力。

贾珍授权王熙凤管事，取了宁国府对牌出来，命宝玉送与凤姐，并客套交代了一番话。而王熙凤的举动是什么样呢，曹雪芹也有详细地描写，“凤姐不敢就接牌，只看着王夫人”。对牌就是管理上用来指使人做事的牌子，王熙凤这个时候不敢接对牌，在王夫人的授意下，贾宝玉“强递与凤姐了”。这一处，王熙凤表现得含蓄与委婉，与前面的举动又形成了鲜明的对比，这是王熙凤的聪明和有涵养之处。王熙凤知道这件事情非同小可，对牌也是非常重要的东西，所以她没有直接接过来，而是让贾宝玉接了过去。即便是王夫人授意了，王熙凤接过对牌，也是贾宝玉强递与她的，这体现出了王熙凤对长辈的尊敬。通过这一系列的描写，可见王熙凤对分寸的拿捏，与她平常在老祖宗贾母面前放诞无礼时判若两人，这种尺度的把控，王熙凤能做到恰到好处，不显山不露水，就把自己的风光给展现出来，这便是管理上的境界。

王熙凤在管理上既能直接果断又能委婉，不是常人可以比的。同时，王熙凤对待自己的婚姻，也是这种态度，最为典型的案例就是尤二姐周年的时候，王熙凤跟贾琏之间的试探。欲擒故纵是王熙凤拿手的本事，在和贾琏谈事情的时候，她忽然把话题转向了往生的尤二姐，上一幕还在直接向贾琏索要好处，这一幕就委婉地表达了自己的深明大义，主动提到了贾琏为尤二姐做周年的心事，并且晓之以理动之以情地说：“不是我着急，你说的话戳人的心。我因为我想着后日是尤二姐的周年，我们好了一场，虽不能别的，到底给他上个坟烧张纸，也是姊妹一场。他虽没留下个男女，也不要‘前人撒土迷了后人的眼’才是。”

当初尤二姐的丧事，贾琏一时拿不出钱，王熙凤又不肯出面，并且说了些风凉话，导致尤二姐的后事办得十分潦草，而这会儿王熙凤又表现得深明大义，主动提到了贾琏的为难之事，可以说她的心机特别深。其实王熙凤的这句话是试探，她的直接是试探，她的委婉更是试探，这是王熙凤咄咄逼人之处。王熙凤在管理上的直接与委婉，是她作为管理者的一种素养，但是对丈夫贾琏的试探，就会导致夫妻离心，这种离心更多来源于王熙凤对贾琏的控制欲。

当然贾琏也不傻，他听到王熙凤一番虚情假意的话之后，先是没话可说，低头打算了半晌，然后以其人之道还治其人之身："难为你想的周全，我竟忘了。既是后日才用，若明日得了这个，你随便使多少就是了。"贾琏虚情假意地说"难为你想的周全，我竟忘了"，其实是一种自保，他不敢在王熙凤面前表现出自己的真实情感。面对王熙凤的试探，贾琏的心情要更复杂，因为有这样的一个妻子在身旁，他说的每一句话都需要情商、尺度、分寸。

两种景物下的王熙凤

以景色来写王熙凤的风光，前八十回和后四十回，在创作风格方面有着很大的区别，最为典型的例子就是第十一回“见熙凤贾瑞起淫心”和第一百〇一回“大观园月夜感幽魂”对园林景色的描写。

后四十回的创作风格上，既延续了前八十回的若有若无的暗示风格，同时也有直截了当的意味。很简单的一个例子，“大观园月夜感幽魂”这一回很明显地写到大观园的衰败，以秦可卿的仙魂出现预示家族即将败落，种种不祥的预兆都相继显现。

本回王熙凤走在园子中，所见景象是“月光已上，照耀如水”，王熙凤走到茶房窗下，听见里面有人的声音，王熙凤所听到的声音是“又似哭，又似笑”，这六个字的描写甚是有意思，读者读到这里，很明显就能猜出接下来要发生事情。这一回对王熙凤置身园子的景象又有一番描写：“只见园中月色比着外面更觉明朗，满地下重重树影，杳无人声，甚是凄凉寂静。刚欲往秋爽斋这条路来，只听唿的一声风过，吹的那树枝上落叶满园中唰喇喇的作响，枝梢上吱喽喽发哨，将那些寒鸦宿鸟都惊飞起来。凤姐吃了酒，

被风一吹，只觉身上发噤起来……”这一段景色描写的氛围也是凉飕飕的，让人读起来惶惶不安。这里不仅仅是为了写景而写景，更是以阴森的景象来调动接下来将要发生的“月夜感幽魂”事件。

这个时候的王熙凤已经走到人生的末端，她见到鬼魂，也预示着她即将死去的结局，这是一种征兆。这种征兆来得很直接，不同于她毒设相思局之后，贾瑞所得风月宝鉴的征兆。风月宝鉴是救助，而月夜感幽魂则是预言，两者有本质上的区别。

第十一回王熙凤从秦可卿那里回来，路过园子，所见景象是“黄花满地，白柳横坡。小桥通若耶之溪，曲径接天台之路。石中清流激湍，篱落飘香；树头红叶翩翻，疏林如画。西风乍紧，初罢莺啼；暖日当暄，又添蛩语。遥望东南，建几处依山之榭；纵观西北，结三间临水之轩。笙簧盈耳，别有幽情；罗绮穿林，倍添韵致”。这一回的神来之笔不读到后面，根本不知道是为了以景美来写王熙凤的人美，同时为了给王熙凤毒设相思局做铺垫，以此揭露王熙凤美丽的背后是狠毒。

在这样的景色中，写到贾瑞献媚王熙凤，王熙凤假意迎合，并生出“几时叫他死在我的手里，他才知道我的手段”的想法，这是视觉和行为上的一种反差。这里的景色描写是有生机的，正如同王熙凤的运势一样，看着还是生气勃勃的。从这个故事的走向来看，这一回王熙凤置身园林景色的情景调动是符合人物身份的。第一百〇一回的情景调动也是符合人物运势的，只不过是在调动的镜头呈现中，二者有着很明显的区别，前者是以景喻人，以静写动来递进后续事件的暗藏杀机；后者是通过氛围的烘托，来直接呈现出王熙凤月夜感幽魂的命运走向。

第十一回和第一百〇一回在视觉上的构图有着很明显的区别，但是在字里行间都是暗喻当事人即将殒命，前者是暗喻贾瑞，后者是暗喻王熙凤。第十一回中的景是暗藏杀机，表面上在写园林景色，其实在写王熙凤的美和相思局的迷，有种乱花渐欲迷人眼的感觉。这是一种春秋笔法的风格。然而在一百〇一回中从“月光已上，照耀如水”大场景中再到“重重树影，杳无人声”，字里行间直截了当，毫无遮掩“月夜感幽魂”的情景调动，这是典型的龙门笔法。

两种景色中的王熙凤，所传达的视觉效果和人物性格也有明显的区别，这是前八十回和后四十回的相互呼应。从创作的整体框架上来看，前八十回的导向是先预示然后往后发展，后四十回是按照预示往回收，同时又不能旧调重弹，在创作上肯定要有自己的风格，所以后四十回的续是出力不讨好的。

第十一回颇具暗示意味的园林景色描写，需要往后看才能读出这番景色背后的故事，同样，第一百〇一回，虽然是直截了当地描写园林景色背后的动机，但也是需要往后看，才意味深远，颇值回味。本回遇见鬼魂的王熙凤惶惶不安，毫无睡意，在平儿的安抚之下才微微宽心欲睡下，怎料巧姐又开始闹夜了，李妈从梦中惊醒，听到平儿的责备心中没好气，狠命拍了巧姐儿下，口里嘟嘟哝哝地骂道："真真的小短命鬼儿，放着尸不挺，三更半夜嚎你娘的丧！"这里是点睛之笔，是继王熙凤月夜感幽魂之后，拉回了现实，李妈诅咒巧姐是"嚎你娘的丧"，其实也是在暗喻王熙凤即将殒命的命运走向。

不仅如此，王熙凤气得说些丧气话："你瞧瞧，这会子不是我十旺八旺的呢！明儿我要是死了，剩下这小孽障，还不知怎么样呢！"王熙凤说"明儿我要是死了"，她也是有所预感，才会说出这样的话，这跟昔日盛气凌人时完全是两种态度。这一回王熙凤冒出人生两难全的感慨，读来特别令人回味，凤姐冷笑道："你那里知道，我是早已明白了。我也不久了。虽然活了二十五岁，人家没见的也见了，没吃的也吃了，也算全了。所有世上有的也都有了。气也算赌尽了，强也算争足了，就是寿字儿上头缺一点儿，也罢了。"王熙凤在人生大限的节点上，发出这样的感慨，字字读来皆是味道。

景尚且如此，物也是如此。与第十一回景色遥相呼应的是"风月宝鉴"这个物件，风月宝鉴这面镜子的出现，贾瑞犹如得到神明的救助，但是事与愿违，风月宝鉴最终让他丧命。同样在第一百〇一回中，王熙凤在散花寺求得“王熙凤衣锦还乡”三十三签，上上大吉，表面上看着同风月宝鉴一样，有峰回路转的功效，但那都是欲盖弥彰之物，并且起的是相反的作用。用本回薛宝钗的话来说：“家中人人都说好的。据我看，这‘衣锦还乡’四字里头还有原故，后来再瞧罢了。”薛宝钗悟出了“还乡”的一语双关，纵观整部作品，王熙凤的故乡不在人间，而是在警幻仙姑的太虚幻境一处，明白了这一点就明白了此处的暗示，这一切都是“红楼梦一场”。

王熙凤的自强与自戕

王熙凤把全部的精力放在了管理的平衡与稳定上，以方便自己个人的自由。如何从管理上的制衡获得自己的方便，王熙凤心中早已有了自己的主张——内外事兼并。所以王熙凤敢在秦可卿逝世之后，毫不回避协理宁国府，并且泰然自若地调度宁国府的下人；敢命人给长安节度使写信，干预别人的婚事；敢对外放款，对内克扣下人的月钱。这些事情在王熙凤手中权力的支配之下，她自认为干得极为漂亮。

王熙凤这个角色恰恰与贾宝玉相反，贾宝玉作为男儿，却躺在女人堆的温柔富贵乡之中；王熙凤作为女娇娥，却游走于家族女儿们和男人们之间左右逢源。在那个年代并没有女强人之说，用书中的话来讲是脂粉队里的女英雄。在那样的体制当中，王熙凤的行为多是逾越之举，但是有很多事情，在贾母和王夫人的授意之下，大家早已是心照不宣。细细对比书中的这两个角色，就会发现王熙凤和贾宝玉有着天壤之别。众人给贾宝玉的爱，除了林黛玉，都会使得贾宝玉心烦，甚至他一度觉得这种爱是一种负担和压力。然而王熙凤所获取的爱，一半源于别人审时度势对她的畏惧与奉承，一半则是她通过献媚和讨好换取而来的。

作为后起之秀的王家之人，王熙凤和贾琏吵架的时候，也不忘抬出自己的家底子——王家的地缝扫扫就够贾家使了。这种自信来源于王熙凤的自卑，正是有了这种自卑，王熙凤才会在重要主子面前示弱，所以她面对李纨携众姐妹讨要办诗社的费用时，也只好乖乖奉上，以免自己成为众矢之的。

王熙凤曾玩笑说“我们是没有人疼的”，这话说出来不打紧，还惹了尤氏笑话一通，说王熙凤轻狂。不经意的一句话，就可以看出王熙凤处处抓尖儿的性格是因为没有安全感。她明白绕树三匝，无枝可依，更有“一夜北风紧”的恐惧和担忧，以至于她势利，看人下菜碟，对“阴微鄙贱”的赵姨娘不放在眼中，对待名不正言不顺的姨娘袭人，却百般客气，因为袭人是贾宝玉身边的人，又深得王夫人认可。在这种环境之下，王熙凤的贪婪没有平衡，更没有了尺度，这也使得没有安全感的她在很多事情上处于被动，但她在管理家族事务上却是风行雷厉，容不得半点瑕疵。

王熙凤有才有权多半显示在她的勤能，这种勤能在于王熙凤的自强，她希望包揽大事展现自己的才干，希望插手别人的事凸显自己的手段，希望以控制、威吓来彰显自己的威力，但是王熙凤忽略了自身的限制和底线，也忘了这个家族还是要以集体利益为重，王熙凤的过分拔尖，致使她的自强最后变成了自戕。

李纨和王熙凤的交锋

说到李纨，这个在书中不显山不露水的人物，相比其他角色，被读者议论得比较少，但是她位列金陵十二钗，其分量也是不容小觑的。她以寡妇身份自居，没有宝黛的才华，更没有王熙凤和探春做事的魄力，但是能在大家族之间游刃有余，安然无恙地过着自己的算盘日子。李纨不显山不露水，有着王夫人那般绵里藏针的性格，更有示弱的本事和不鸣则已一鸣惊人的口才。

抛开诸多细节观照李纨的阴阳面孔，可以从办诗社找经费这件事情，见微知著地去看李纨的性格。在第四十五回中，姑娘们要办诗社，李纨便带着大家去闹王熙凤，让王熙凤做监社御史。精明的王熙凤知道这个监社御史是出钱的虚名，便挑破了说："那里是请我作监社御史！分明是叫我作个进钱的铜商。" 这是什么意思呢，举个例子，某协会想办一场活动，活动经费从哪里找？这个时候你就发现一些有钱人担任了某协会或者某场活动的荣誉顾问，一般都是这些荣誉顾问出钱的。同样，在《红楼梦》中，这帮人也是如此，授予了王熙凤这样的头衔，最后从王熙凤手中拿了五十两银子作为办社的开销。

王熙凤听了李纨挑拨的话，反驳了一通："你一个月十两银子的月钱，比我们多两倍银子。老太太、太太还说你寡妇失业的，可怜，不够用，又有个小子，足的又添了十两，和老太太、太太平等。又给你园子地，各人取租子。年终分年例，你又是上上分儿。你娘儿们，主子奴才共总没十个人，吃的穿的仍旧是官中的。一年通共算起来，也有四五百银子。这会子你就每年拿出一二百两银子来陪他们顽顽，能几年的限？"这是一笔经济账，含金量很大，虽然李纨年轻就守寡，但是家族对她非常照顾。从王熙凤的反驳之中，我们不难发现，明面上的月例银子李纨是王熙凤的两倍，同时再加上贾兰每个月十两的银钱，这已经是一笔不小的收入了，不仅如此还有地的收租，王熙凤粗粗算了一下，一年也有四五百银子。

起诗社请王熙凤做监社御史，带出了这么一笔关于李纨的经济账，这里不是等闲之笔，王熙凤的"算账"在这里动了李纨的"奶酪"。李纨便少有的刻薄起来，直接说王熙凤是"无赖泥腿市俗专会打细算盘分斤拨两"，不仅如此，还拿王熙凤生日当天醉酒之后吃醋打平儿的事情，要为平儿打抱不平。这是在整本书中，李纨少有的强势一面，这与她平日寡语拙腮有着很大的区别。弄得王熙凤不得不以退为进，服软向平儿道歉，然后答应给五十两银子下马拜印，并向李纨和诸位姑娘们撒娇。

这是李纨和王熙凤在经济利益上一次正面的交锋，可见李纨也不是一个软柿子可以随便捏，面对经济利益，李纨看得比谁都重，甚至不顾王熙凤的脸面，毫不客气地揭王熙凤的短儿。在这一回中，李纨表现出来的绵里藏针的做派一点都不亚于王夫人，也让王熙凤见识到了李纨的厉害。从李纨的态度可以看出，平日怎么疯闹说笑都可以，唯独不能跟她提关于钱的事情。

李纨和王熙凤在算经济账这一块，颇为相似，但是她们的手腕极为不同，李纨属于在自己的一亩三分地上扮猪吃老虎，闷声发大财；而王熙凤则不同，王熙凤属于全面开花，能看到好处的地方，绝对不会放过任何一次机会。所以，面对诗社花钱，王熙凤很明白，只要不是花大钱，息事宁人才是最明智的举动，同时也能给人留下个好印象。李纨更是明白，只要守住自己的钱，适当将自己平日的柔弱变一回强势，就无伤大雅。除了这次在经济上正面的交锋，在“辱亲女愚妾争闲气”这一回中，李纨的表现又是截然不同，一改第四十五回中伶牙俐齿的状态。探春的舅舅赵国基过世，吴新登家的以赵国基后事的开支来刁难没有管理经验的探春，不料李纨为吴新登家的支出赏银四十两，探春敏锐，知道这个和自己有关系，不能坏了规矩，便让吴新登家的查旧账去。后来赵姨娘过来闹事，李纨又充当和事佬，探春当场把李纨给反驳回去了。面对吴新登家的，探春知道李纨是拿着临时管事的幌子，当假好人卖给探春面子。探春要依着旧年的规矩，面对赵姨娘来闹事，探春当面指出“这大嫂子也糊涂了”，以此表明自己铁面无私的立场，令李纨哑口无言。

这一回的李纨表现出来的笨嘴拙舌和第四十五回的伶牙俐齿截然不同。李纨被探春反驳和质疑，即便自己没理，也会博得贤良的美名，同时也不会破坏她在大家心中老实人的形象。即便是做错了，她也能顺理成章地以自己是临危受命、没有管家的经验为理由，打一手漂亮的退堂鼓，同时也不会动了王熙凤的利益。另外一方面李纨的此番举动，还能表现出事事为探春着想，即便是探春不领情，也无伤大雅。这一处的李纨是抱朴守拙。然而在第四十五回中的李纨，绝对是拿出精打细算的看家本领，与王熙凤据理力争，毫不退让，并且以为平儿抱不平来转移目标，让王熙凤乖乖就范。

能进能退的李纨，有着能屈能伸的本事。从第四十五回到第五十五回，我们不难发现，李纨的两种截然不同的举动，都有一个共同点，那便是转移目标。问王熙凤要办诗社的开销而转移目标，代王熙凤临时管理家族事情也会转移目标，这是李纨做事润物细无声的独特之处，也是被称为老实人的原因所在。泥潭之中，鳄鱼和泥鳅最容易存活，因为一个狠，一个滑，前者是王熙凤，后者便是李纨。王熙凤为了达到自己的目的，便在铁腕之下强取豪夺，同时也事事压别人一头。王熙凤的狠就表现在她性格上的好胜，只要她有把握的事情，绝对不会松弛，铁槛寺弄权如此，控制丈夫贾琏也是如此，因尤二姐之事敲尤氏竹杠亦是如此。王熙凤从来不会像李纨那样藏拙，而是事事强出头；更不会像李纨那样打游击战，而是一针见血地直奔利益核心。从李纨向王熙凤要到五十两诗社费用之后的经济账盘点，也可以看出李纨捣糨糊的本事。

这里有一条分界线，便是第四十五回之前办诗社和之后办诗社的李纨。第三十七回探春起意建诗社，李纨毛遂自荐当社长，东道主是探春，李纨并未有实质性的举动；第二次是落单的史湘云办的咏菊花，一切花费都是薛宝钗张罗的，并且还办了一场规模不小的螃蟹宴；到第四十五回李纨带着众人向王熙凤要钱，再到第四十九回办诗社，李纨提议到芦雪庵烤地笼，并且提议每个

人出一两银子就够了；其后第五十三回到七十回李纨接连因为各种生病的事情耽搁了几场，诗社没有办下去，直到第二年春天林黛玉发起的桃花社，因为探春的生日未能办成；其后史湘云以柳絮为题办了一场诗社，由林黛玉担任东道主，这也是大观园最后一次起诗社了。由这些长线的细节来看，王熙凤所给的五十两银子，李纨并没有用在办诗社上，而是自己昧下了。办一场诗社顶多也就花十两银子，当时王熙凤足足给了五十两，如果不算这笔经济账，你根本不知道李纨“润物细无声”之处。从这一点可以看出，王熙凤确实不如李纨精明，王熙凤是明着克扣下面人的钱放高利贷，惹得众怒；而李纨是暗里中饱私囊，还做得无声无息，所以在家族最后面临抄家之后，王熙凤墙倒众人推，就连贾宝玉都沦落为乞丐，也只有李纨是衣食无忧，这一点值得人深思。

被忽略的“镜头”

好像王熙凤的出现，显得整个家族的男性非常不中用，尽管在为人处世的风格上，不是我们所提倡，但是不可否认她是这个家族中独当一面的人物。只要有人出来做事，总有人在背后骂，大小事情都张罗的王熙凤，最终成为整个家族的替罪羊。

我为什么会这样认为呢？不知道大家可曾发现一个现象，中国的正统史书，几乎都见不到那些伟大的女性，包括《史记》，难道在历史的长河中，女性真的就是那么卑微吗？都是祸国殃民如妲己、吕后一般的“妖女”吗？我想也未必如此，很多时候，女性成了替男人背历史骂名的角色。在史书工笔之中，史家从来都不会为女性留情面的，所有的功劳都是男人做出来的。记得当年学生时代，学习文言文《花木兰》，身为女性的语文老师给全班同学放了一首黄梅戏《谁说女子不如男》，那时候老师神采奕奕的表情，这么多年过后我还依然记得。今天当我阅读起《红楼梦》的时候，我觉得曹雪芹在为女性翻案，书中的贾宝玉也在为女性翻案，甚至林黛玉也在为女性翻案。

王熙凤在这个家族呼风唤雨，我们在给她添加罪名的时候，其实 忽略了很多关于这个家族男性的“无用武之地”。如果放在今天，王熙凤绝对是职场一等一的女强人，但是这样的女人却在读者的嘴中饱受骂名。

“商女不知亡国恨，隔江犹唱后庭花”，今天再回头读这两句诗，我们会否觉得这些所谓的大儒名流之辈，说起话来大言不惭，将一个国家灭亡的责任完全扣在了女人的身上。当然，这只是诗人杜牧的个人之见，但是在政客的角度来看这是以小见大的格局。如同薛宝琴写的那两句“赤壁沉埋水不流，徒留名姓载空舟”，就有足够的胆量去质疑男性的丰功伟绩，这样一对比，反而薛宝琴显得比杜牧更有气魄。

当我们再把这种见解聚焦到王熙凤身上的时候，我们发现这个家族的败落，大家最终把最大的责任都归到了王熙凤身上，认为她是关键。“凡鸟偏从末世来，都知爱慕此生才”，讲的是王熙凤这只雌凤生不逢时，大家都知道她有才，也知道她很能干，但是这样的一位人物，偏偏就是错付了一切。“一从二令三人木，哭向金陵事更哀”，讲的是王熙凤最后被休了，昔日的不可一世如今落得人皆诽谤。

有时候想想，英明一世又有何为？历史是残酷的，史书工笔也未必是真实权威的，纵然是一切记录得再到位，真实的人性也永远进入不了历史的档案之中。但是我很感谢如今能在此中，以文学的角度看到这些被历史忽略掉的“镜头”，这样的镜头画面有人文的温度和人性的思考。

『你』的悲剧
带有闹剧

悲剧诞生之前，基本是荒谬最先出场。这句话放在《红楼梦》中，就像是镜子一样，将书中的世界照得清清楚楚；放在角色之上，这面镜子如同蒙上了灰尘一般，所承载的功能成为无稽之谈。能酝酿出这样的悲剧，归根于众生的无明。

不管是凡夫还是圣人，都会在妄信和妄断之间犯错。孔子的徒弟颜回用讨回来的米煮饭，饭快要熟的时候，孔子看见颜回偷吃米饭，饭熟了，颜回请孔子吃饭，孔子假装没看见颜回偷吃一事，故意说：“刚刚我梦见父亲，这米饭先拿来供奉先人，我们再吃！”颜回连忙说：“不行，这米饭不干净，刚刚饭粒中飘进了煤炱，丢了又可惜，我就自己抓了吃了。”孔子一时汗颜，感慨“知人固不易”。

在这个家族，诸多人都上演着“颜回攫食”的故事，甚至有过之而无不及，“圣人不能神而先知，先知之间，不能独见”，圣人况且如此总结，更何况是一介凡夫，以至于书中的“荒唐言”上演荒唐事。

开始和结束自有真相

冷子兴和贾雨村在聊荣国府和宁国府的时候，讲述了贾宝玉含玉而生一事。在贾宝玉周岁抓周的时候，因为贾宝玉抓的是女人用的脂粉钗环，被贾政定为“将来酒色之徒耳”。

正是因为抓周事件，导致贾宝玉的所作所为都成为贾政眼中的不务正业。贾政对贾宝玉的严厉，致使贾宝玉见到贾政犹如吓破了胆儿。贾宝玉周岁抓周之举，在贾政心中打上一个死结，他妄图编写贾宝玉的人生走向，可往往这种动机就是悲剧的开始。

贾政将抓周的结果“盖棺定论”，本身就是封建社会的一种荒谬举动，这种荒谬就像是昏官乱判一样，属于一种捕风捉影的“定罪”。原本不是这样的人和这样的事，却草木皆兵被定性为这样，导致这种被定性的人和事，只要有所行为，都会被扣上带有“档案”的帽子。如冷子兴问贾雨村“你道好笑不好笑”，王夫人对林黛玉所言贾宝玉是“混世魔王”等。其实这种定性就像是对其的评价，一旦被定性错了和定义歪了，悲剧就产生了。

然而对贾宝玉一针见血的评价，在书中的开始和结尾之处都有刻意提到，前者是通过“假语言存”的贾雨村，后者是通过“假正经”的贾政，看似荒谬，其实是非常有象征意义的。这种象征，就像是经典公案中的各种示现，面对不同的机缘，缘法的呈现也是不一样的，这种缘法的表现方式有些荒谬，甚至像神话故事一样暗藏玄机，一旦用世法体悟，往往能体现出真正的领悟和正知正见。

第二回贾雨村给了贾宝玉一个很高的评价：“非也！可惜你们不知道这人来历。大约政老前辈也错以淫魔色鬼看待了。若非多读书识事，加以致知格物之功，悟道参玄之力，不能知也。”贾雨村的这番高见，实则是对石头历劫的种种进行总结，以此简括全书；回归到最后一回，贾政经历了种种磨难，也领悟到了“美中不足，好事多魔”，同时他对已经出家的贾宝玉进行了一番点评：“你们那里知道，大凡天上星宿，山中老僧，洞里的精灵，他自具一种性情。你看宝玉何尝肯念书，他若略一经心，无有不能的。他那一种脾气也是各别另样。”世间幻象，种种所见都是瞬间。贾政作为贾宝玉的父亲，一直到贾宝玉尘缘已尽的时候，才放下对贾宝玉的偏见，领悟到他的本来面目。表面上是父亲对儿子的评价，更深层次的是对石头的本心和本性的一个还原，这是印证因果的整个过程。于贾政独到的眼光和理性的分析，贾政的这番话是智慧的，于贾政是贾宝玉父亲的这层身份，贾政的这番话又是慈悲的，贾政此时的出现，是对贾宝玉的成长进行了一番证明。

不管是贾雨村“致知格物之功，悟道参玄之力”的言外之意，还是贾宝玉“自具一种性情”的大彻大悟，不管是第一回由甄士隐和贾雨村开场，还是最后一回二人总结，一件事物的缘起缘灭，都在开始和结束的时候示现因果。这便是“起”与“灭”之间的真相，此书如此巧妙安排，无非是在因果之间分析，告诉众生任何事物开始和结束自有真相的因果自在。

对好人的定论

娑婆世界，是二元对立的世界，如同“鹤立鸡群”这个成语，想做到“鹤立”，必定是离不开“鸡群”，那些出挑的角色，她们的出挑就像是亭亭独立的鹤在鸡群之中，这是必然，更是悲剧。如晴雯、尤二姐之列。

王夫人对儿子的偏袒和塑造显得矫枉过正，刚愎自用的她草木皆兵，在七十四回抄检大观园的举动中，王夫人见到病恹恹的晴雯，便说：“好个美人！真像个病西施了。你天天作这轻狂样儿给谁看？”更为直接的是，作为王熙凤背后的领导，王夫人竟然向凤姐等人自怨道：“这几年我越发精神短了，照顾不到。这样妖精似的东西竟没看见。只怕这样的还有，明日倒得查查。”王夫人对美是有恐惧的，她将美和妖精视为一体，以至于看到晴雯“有春睡捧心之遗风”，像极了贵妃醉酒的状态，基于“美是一种祸害”的认知，她便不顾贾宝玉的任何言辞，以晴雯的美定她的罪，将晴雯撵了出去。

儿媳王夫人如此，婆婆贾母更是有过之而无不及。王熙凤容不下尤二姐的存在，以借刀杀人的方式，伙同秋桐一心要致 尤二姐于死地，秋桐在贾母和王夫人面前无中生有：“专会作死，好好的成天家号丧，背地里咒二奶奶和我早死了，他好和二爷一心一计的过。”贾母完全相信了秋桐的话，更为荒谬的是，贾母还说：“人太生娇俏了，可知心就嫉妒。凤丫头倒好意待他，他倒这样争锋吃醋的。可是个贱骨头。”贾母将“娇俏”和“嫉妒”相提并论，原本不相干的两样，却被硬生生曲解到了一起，更为主观的是，“娇俏”和“嫉妒”最后被划分为“贱骨头”之列。如此评价，导致“众人见贾母不喜，不免又往下踏践起来，弄得这尤二姐要死不能，要生不得”。

贾母是以貌取人的典型代表。王熙凤欲擒故纵将尤二姐引入大观园，故作大度贤惠的样子将尤二姐推荐到贾母面前，贾母戴了眼镜，命鸳鸯、琥珀把尤二姐拉过来，鸳鸯揭起尤二姐裙子给贾母看。贾母瞧毕摘下眼镜来，对王熙凤笑说道：“竟是个齐全孩子，我看比你俊些。”极其看中外貌的贾母在本回初见尤二姐认为是个“齐全孩子”，到再论尤二姐的娇俏是“嫉妒”和“贱骨头”，前后观点矛盾。然而贾母任何不经意的举动都会使整个家族动荡，导致上行下效，见风使舵的人根据贾母的喜好来待人待物。正是因为如此，王夫人和王熙凤才能抓住贾母致命的弱点——轻率，所以王夫人敢先斩后奏地把贾母身边的人撵走，再去倒打一耙说晴雯的不是。

贾母和王夫人的行为属于偏信则暗，因她们的行为所导致的悲剧，都是因草率所制造的荒唐案。她们对好人的衡量标准是“白马非马”，而她们的恣意之举，对人的衡量和利用，也是权力上的指鹿为马。

悲剧是将美好的东西毁灭给人看

《红楼梦》之美，美在将仙境和梦境都放在了人间，并且以女娲补天的大场景介绍事情的缘起，开篇统领的起点极高。更为大胆的是故事的开始即结局，第一回和最后一回前后呼应，真是瞬息万变之中的“无常迅速”。

宁荣二府享尽荣耀繁华，后有大观园恍若天境，在这样锦上添花的条件中，可谓是昌明隆盛之邦，诗礼簪缨之族，花柳繁华之地，温柔富贵之乡，多少人求之而不得。这种美，是一种美好，看着令读者神往，作者曹雪芹也赋予了不一般的名字——太虚幻境。这个太虚幻境，容易让人迷失，令人有种乐不思蜀的感觉，诚如贾宝玉心之所想“这个去处有趣，我就在这里过一生，纵然失了家也愿意……”

贾宝玉现实生活中所居住的地方，和警幻仙姑所居的“离恨天之上，灌愁海之中，放春山遣香洞太虚幻境”是两个对立的地方。红尘爱欲之中的贾宝玉和孽海情天之中的警幻仙姑，在梦中的相遇，让来自两个维度的人在同一空间对话，这是曹雪芹的神来之笔，因此“假作真时真亦假，无为有处有还无”和“厚地高天，堪叹古今情不尽；痴男怨女，可怜风月债难偿”是梦中觉悟的必要两点，这两点无法领悟，终究红楼梦难醒。

梦中的贾宝玉得知警幻仙姑的来处已然是天大的玄机，换成是柳湘莲开悟之际，问道人从哪里来，最终都是问无所答，答在问中。像警幻仙姑用“离恨”“灌愁”“放春”“遣香”这般简单明了、直指人心的回答，使读者直接读出文字之外的玄机，如此直截了当的开示，仅在梦中！警幻仙姑希求贾宝玉能够有所领悟，没想到贾宝玉是痴儿尚不能悟，最终因欲望无止境，徒增大梦一场。

人间的风情月债，尘世的女怨男痴，在梦境之中都无法被警幻仙姑司掌，人间薄命司的定局，在曹雪芹的刻画下是凄，更是凄美。这些美的呈现，大观园是因，薄命司是果；大观园是境，薄命司是像。而贾宝玉、林黛玉、薛宝钗等人是镜像中的人，如同薄命司两边的对联“春恨秋悲皆自惹，花容月貌为谁妍”，上演着春恨秋悲的无常，沉迷着花容月貌的色相。

花繁柳密处拨得开才是手段，只有经历沧桑才是英雄本色，经历红楼一梦寓清于浊，才是真正的梦醒。我们读《红楼梦》，不了解曹雪芹的造梦空间，就难以在红尘之中立足，更不懂贪嗔痴为何物。

曹雪芹的《红楼梦》，是没有被注解的高深的梦，他笔下的前八十回所呈现出来的梦，让人看着似懂非懂，似悟非悟；高鹗后四十回的《红楼梦》，是对前八十回梦的注解和开示。比起曹雪芹的造梦，高鹗的续梦和解梦更难，高鹗的《红楼梦》需要做到承前启后，更需要做到让大家从梦中醒来。曹雪芹之前所营造出来的美，是无常之美，这种美最后是需要破灭的。然而现实中，曹雪芹无法完成破灭的悲剧创作，高鹗之延续，就是以悲剧的方式将美好的东西毁灭给人看。这是不讨好的事情，因为悲剧太难写了，难就难在悲剧可以使人净化，这个净化的过程是需要功夫的。这种净化是让人从红楼一梦中醒来，用佛教的话来说是让人开悟，并且表现方式要娓娓道来，不能显得拖泥带水。高鹗之续，既要做到让贾宝玉明心见性，也要做到让读者见月忘指。做到如此文章，当须手段才显功夫！

当“债”影响了婚姻观

从整体来看《红楼梦》的线索，从个人的婚姻关系到家族的婚姻关系，本书的主题一直围绕着一个“债”字在写。纵横对比，从家族到个人，债影响了《红楼梦》的婚姻观。

开篇的英莲，后改名叫香菱，她是“累及爹娘之物”，导致整个家族破败，然后被薛蟠抢了去，还弄出人命案。香菱做了薛姨妈的丫鬟之后，没几年被薛蟠收回房中做小妾。然而薛蟠的正房夏金桂容不下香菱，多番刁难和欺凌，害香菱没害成功，反而把自己给害死了。最终香菱被扶正，但难产生子后便夭折了。

纵观香菱的一生，是劫更是债，是父亲的冤亲债主，是爱上香菱，后又被薛蟠打死的冯渊的情债。人生苦痛，如同在第一回出场的娇杏，英莲和娇杏的命运是天壤之别，英莲暗喻了“应怜”，娇杏暗喻了“侥幸”，这是果更是因。

若在婚姻上，香菱最后产子而死是喜而转悲，那么李纨则和香菱一样，走着同样的一条路。年轻守寡的李纨虽然有一子，但却心如死灰，唯独在大观园的年轻人群中，李纨才彰显出她的活力。

在太虚幻境的《红楼梦曲》中，李纨的《晚韶华》写出了她一生的悲情，点出了她一生的苦债：“镜里恩情，更那堪梦里功名！那美韶华去之何迅！再休提绣帐鸳衾。只这带珠冠，披凤袄，也抵不了无常性命。虽说是，人生莫受老来贫，也须要阴骘积儿孙。气昂昂头戴簪缨，光灿灿胸悬金印；威赫赫爵禄高登，昏惨惨黄泉路近。问古来将相可还存？也只是虚名儿与后人钦敬。”这一段谶语说的是李纨为了儿子扬名立万而耗尽心血，待到儿子金榜题名，她却赴黄泉路上。香菱是生子而亡，李纨是为儿子高登爵禄而耗尽所有。这是前世或今生结怨的欠债者，正如香菱和李纨的命运。

在整个家族中，能把夫妻之间的情债体现到淋漓尽致的是王熙凤和贾琏夫妇，他们最可悲的一面是爱到最后成了恨，以至于同床异梦，不能同心同德，一个挟制丈夫，另一个一心想置对方于死地。王熙凤和贾琏的婚姻，不同于王夫人和贾政表面上的相敬如宾，不同于尤氏和贾珍的夫唱妇随，更不同于邢夫人和贾赦的貌合神离，王熙凤和贾琏最后的婚姻关系，是一种极端的关系。这是最可悲的关系，一切恩爱会，无常难得久，由爱生忧，由爱生怖，由爱生恨，直到最后命如晨露，经不起阳光的照射。

孽海情天的对联是“厚地高天，堪叹古今情不尽；痴男怨女，可怜风月债难偿”。这充分地强调了情不尽、债难偿，想要明白这些，就要知道古今之情和风月之债的缘起，薄命司的出现就做了很好的诠释：“痴情司、结怨司、朝啼司、夜怨司、春感司、秋悲司。”这些都是思想情绪所导致的无常，细看这些债的总结，便出现在薄命司的对联上：春恨秋悲皆自惹，花容月貌为谁妍。特别是“皆自惹”和“为谁妍”，问到了债的根本之处，辛弃疾曾有诗句“三十三天觑了，离恨天最高”，所以三十三层天，一层天一境界，没有这个高度，难以理解这个高度的布局。当林妹妹魂归离恨天的时候，她还的情债可谓是比海深比天高，这是根，也是本，离恨亦是离爱。

这个债即便是天高地厚都无法绕过，如林黛玉和贾宝玉二人，纵然是仙缘，也离不开结草衔环的情债。林黛玉此生下凡，有前世今生的缘法所在，前世恩今生情统统集中在还泪了缘的过程中，由此角度，我们看林黛玉流不完的眼泪，便有了缘由。以债的角度去看林黛玉和贾宝玉，便能体悟到“红尘一遭，大梦一场”的人间况味；柳湘莲和尤三姐，被情所误，耻情而觉，所以最后因有缘无分、有情无恩的债，让尤三姐魂归警幻了结了俗缘，让柳湘莲归入空门成就了法缘，各自去了各自的门。

《红楼梦》在爱情观和婚姻观上，一直围绕着“债”这个主题，“债”用得好，是一种成全和成就，若用不好，便是折磨和纠缠。如同我经常讲到的“只要你去深爱，一定会是一场悲剧”，一切情爱难以长久，这种情爱不是常规我们所理解的爱，更多是指人事物难以恒久。

美丽是众生的痴梦

第五十二回“勇晴雯病补雀金裘”是一出大戏，贾母赏赐给贾宝玉雀金裘，是俄罗斯进贡的用孔雀毛拈了线织的，用材和工艺极其名贵，不料却被贪玩的贾宝玉将其烧了一个洞。

晴雯这一角色的拿捏，通过撕扇和补裘这两出大戏，将心比天高、风流灵巧的形象自然烘托而出。撕扇换取千金一笑，美不胜收，补裘真性真情，集美于一身，在这一撕一补，一减一增之间，晴雯的两大人生状态极为饱满，于情感的共鸣更是悲壮。

从补裘这一出大戏来看，病晴雯看到被烧破的雀金裘，说：“没那个福气穿就罢了。这会子又着急。”贾宝玉听后回答：“这话倒说的是！”此对话意指人生两难全的现象，从另外一个角度来看，用孔雀毛做的雀金裘，本身也是有象征意义的。

中国有个成语叫“饮鸩止渴”，“鸩”就是毒，《本草纲目》讲“孔雀辟恶，能解大毒、百毒及药毒”，孔雀是以饮毒为生，以此来滋养自己的色身，这样羽毛才能漂亮。

对于晴雯而言，她生命的劫难是美，身为丫鬟的她，美丽是一种罪。面对如此美丽的雀金裘，曹雪芹安排由晴雯来补非常合理，贾宝玉是无法驾驭雀金裘的分量的。修行人是要断除贪嗔痴三毒的，凡夫众生若以贪嗔痴三毒为食，最终都会陷入苦海。贾宝玉来此温柔富贵乡历劫，就是要断除贪嗔痴三毒，他披上了这雀金裘，便是在爱欲之中染着，怎能做到抽离？披在他的身上不过是为虎作伥，是色相而已。因为晴雯这份情谊上的供养，贾宝玉再度强行披上这层色相，最终荼毒了晴雯，这使我想到了一个词叫“反噬”，由于贾宝玉德不配位，导致晴雯身陷其中，酿成了一场悲剧。

细看五十二回的回目“勇晴雯病补雀金裘”，这个“病”字一语双关，表面上是指晴雯生着病补雀金裘，其实更深层次也影射了贾宝玉强行披雀金裘的问题，这更是一种病态。这在中医用药上叫作不按君臣，是指贾宝玉为了追求世俗完全忘了自我，所以晴雯会说：“没那个福气穿就罢了。这会子又着急。”曹雪芹借晴雯之言强调在不具足福德和智慧的时候，强行索求是要付出代价的，任何事与物都是有自己的缘分，不去遵循和尊重，便是在酝酿悲剧，这是一种隐喻。

从贾母对戏曲的价值观谈起

在五十四回中，有一部叫《凤求鸾》的戏，因为戏中男主角的名字和王熙凤同名，惹得贾母一时高兴。但是听到戏中女主角雏鸾琴棋书画无所不通时，她便有些不高兴了，不等说戏的人把戏给讲完，贾母已经猜到了佳人追才子的故事结局，惹得她自己好没意思，从而展开了一番对戏文价值观的长篇大论。

贾母总结这些戏文都是一个套子，左不过是些佳人才子的老生常谈，并认为所谓的佳人编得连影儿也没有了。贾母一针见血地说："这小姐必是通文知礼，无所不晓，竟是个绝代佳人。只一见了一个清俊的男人，不管是亲是友，便想起终身大事来，父母也忘了，书礼也忘了，鬼不成鬼，贼不成贼，那一点儿是佳人？便是满腹文章，做出这些事来，也算不得是佳人了。"贾母对这一通点评，非常客观地指出了当时的三流文学作品，如何在众人口中津津乐道的原因。贾母把这样的故事写作套路做了很直接的总结，她认为这些戏文总喜欢讥讽大户人家的千金小姐，并且很严肃地批评"鬼不成鬼，贼不成贼"。

野史之所以能够口口相传，并让人难以忘怀，本身就带着浓

厚的调侃性为大众娱乐和解乏，至于这背后的故事真假并不是大家所关心的，只要满足了大家在现实中无法做到的，却能在作品中得以释怀或者得以满足即可。

别的作品不多说，就拿本书中的冷子兴来说便是最好的例子，第二回“冷子兴演说荣国府”，通过冷子兴之口，在贾雨村面前把府上的事情描绘得有声有色，这都是从贾雨村闲聊“近日都中可有新闻没有”开始的。由此可见，荣国府这样的大户人家，一直是众人的关注对象，至于为何这般关注，贾母也做了说明：“编这样书的，有一等妒人家富贵，或有求不遂心，所以编出来污秽人家。再一等，他自己看了这些书看魔了，他也想一个佳人，所以编了出来取乐。何尝他知道那世宦读书家的道理！”

贾母讲到了很重要的一点，便是穷酸书生创作时的仇富心理。这种仇富心理不仅带有讽刺性和娱乐性，更重要的一点是因为创作者一时的不顺导致对权贵人家有了极大的意见，这是贾母站在富贵中等人家的角度来看这样的作品。在整个文学和艺术史中，我们不难发现，艺术和文学的巅峰，最终走向都绕不开哲学和宗教。面对哲学和宗教的严肃性，绝大部分人缺乏了对宗教的敬畏，而对哲学的探讨，有杜撰的成分又脱离了现实题材的核心。结合于平民化和娱乐性的流传作品却占尽了优势。对于一部作品抑或是一件事情的价值导向，人们想看的不是真相和真理，而是眼前的娱乐和利益，或许这就是圣人与凡夫最本质的差别。

抛开冷子兴与贾雨村谈论府上新闻不说，关于贾母谈论戏文时的言论，便能对应妙玉坐禅走火入魔事件，此时传到了外面那些游头浪子口中，便生出许多谣言。第八十七回，高鹗之续直接把谣言的原句写了出来，极具讽刺意味："这样年纪，那里忍得住。况且又是很风流的人品，很乖觉的性灵，以后不知飞在谁手里，便宜谁去呢。"在民间有一句"寡妇门前是非多"，对于修行人而言亦是如此。贾母的言论绝对不是替富贵人家的小姐翻案，而是她觉得自己上了年纪看这样的戏算是消遣，如果带着诸位姑娘看这样的作品，担心姑娘们看完存了别的心思。姑娘们深居简出，哪里经得起这些三流戏文的戏论？从大户人家的教育来看，如林黛玉不经意道出"良辰美景奈何天"，被薛宝钗盘问得胆战心惊；林黛玉和贾宝玉听到一句"不是冤家不聚头"，用心领悟，便能以小见大，深知这些作品的威力不浅。《红楼梦》虽然是一部小说，但是从曹雪芹的人生经历看来，也是一部富贵人家的生活实录。

一部作品的普世性固然重要，但价值观和文化的基本信仰若是缺失，这部作品的普世无非就是集体欲望发泄的催化剂。

别拿集体画大饼

任何群体，都是由个人意识和个人行为来体现集体现象，在这个群体中，谁拥有了支配个人意识的主动权，谁就拥有了集体现象的最终解释权。

制定游戏规则的贾母

贾赦因看上贾母身边的鸳鸯，致使整个家族沸沸扬扬，上下波动不小。在这个家族，爷们三妻四妾、荒淫无度之事数不胜数，看似个人行为，实则是这个家族乃至于当时富贵人家的集体现象。而在这个家族中，有两件事情可以从个人行为到集体现象看出温柔富贵乡的荒唐，如明着来的，贾赦欲娶鸳鸯之举；暗着来的，贾琏在凤姐生日当天偷腥之事。这两件事情，都在府上引起不小的骚动。看似个人行为，但是在事情的背后，有着千丝万缕的联系。能够促使个人行为如此肆无忌惮，必定有集体现象的调解，才可以使这个家族的众人麻木，而这个调解的主动权，紧紧地握在了贾母的手上。

先从四十四回“变生不测凤姐泼醋”说起，在王熙凤生日宴上，凤姐自觉酒沉回家歇息，不料撞上了贾琏与鲍二的老婆曲在屋里厮混偷情。王熙凤听到贾琏一心咒她死的话，便大闹起来，贾琏也因吃了酒逞起威风来，拔出剑要刺凤姐。凤姐哭着跑到贾母跟前，把事情的来龙去脉一一告知，在贾母的威严下，这出闹戏方才落幕。贾母听后笑着说：“什么要紧的事！小孩子们年轻，馋嘴猫

儿似的，那里保得住不这么着。从小儿世人都打这么过的。都是我的不是，叫你多吃了两口酒，又吃起醋来。”贾母轻描淡写地把贾琏之事比喻成馋嘴猫偷腥，侧面劝告王熙凤别当回事，虽然语气缓和，其实也在指责王熙凤小题大做，少了些担待和包容。

贾母的行为是一种对贾琏的偏袒，亦是一种麻木的表现，因为这种事也是她年轻时经历过的，她是以一种过来人的口吻在言教。当个人意识无法与个人行为相同的时候，个人行为就会违背个人意识，久而久之就会成为一种集体现象，当这个集体忽然畸变，保留不变的个体便会被集体视为异类。如同这个世界所有人都畸变了，唯独有一个健康的人，这些畸变的人反而骂这个健康的人变态，这就是集体现象带来的荒唐。

能控制集体现象的人，必定有包容个人行为和个人意识的胸怀，这种包容非褒非贬，而是拥有制定集体现象的主动权。这个人要有足够的调节能力才能稳定大局，这一点，贾母一直处于主动的状态。

如四十六回“鸳鸯女誓绝鸳鸯偶”，鸳鸯誓死不肯做贾赦的妾，对于邢夫人的说和半分颜面也没有给。在多重压力之下，鸳鸯向贾母表忠心和决心，惹得贾母爱怜和气愤，邢夫人对于贾赦纳妾的顺从，殃及王夫人在贾母面前也被一顿好骂。邢夫人畏祸，向贾母请安，不想贾母开门见山，直指邢夫人要害：“我听见你替你老爷说媒来了。你倒也三从四德，只是这贤慧也太过了！你们如今也是孙子儿子满眼了，你还怕他，劝两句都使不得，还由着你老爷性儿闹？”贾母对于孙媳妇和儿媳妇制定的游戏规则不一样，对孙媳妇王熙凤要求的是“三从四德”，男人在外偷腥是“从小儿世人都打这么过的”；而对于儿媳邢夫人的要求是“只是这贤慧也太过了”。其实不管是王熙凤对贾琏的闹，还是邢夫人对贾赦的忍，她们二人把控的那个点，在贾母这里都没有做到恰到好处。贾母的原则是在她可控的范围内，任你如何闹，在她眼里都是过家家，一旦超出她的权力掌控范围，她便会毫不留情地巩固自己的地位。

贾赦的荒唐之举在贾母眼里都不算是事，唯独他打鸳鸯的主意是大错特错，以至于贾母在邢夫人面前强调鸳鸯的重要性，就是提醒邢夫人这一房少打家族的主意。贾母为了给贾赦一个台阶下，把话头一转：“我正要打发人和你老爷说去，他要什么人，我这里有钱，叫他只管一万八千的买去，就只这个丫头不能。留下他伏侍我几年，就比他日夜伏侍我尽了孝的一般。你来的也巧，你就去说，更妥当了。”

从孙儿贾琏的“从小儿世人都打这么过的”，到儿子贾赦的“他要什么人，我这里有钱，叫他只管一万八千的买去”，贾母的个人意识充分地掌控了这个家族的集体现象。也正是她的个人意识、个人行为，这个集体才会有这样荒唐的现象。虽然这种现象不能说是贾母一人造成，但她拥有游戏规则的最终解释权，她对这种荒唐现象见惯不惊。如同桌牌娱乐一样，她明明知道大家是故意输给她，也要赢个假象，真相和假象对于经历这么多事情的贾母而言，都比不过守住这个空壳子重要。

邢夫人被支配的个人意识

邢夫人找王熙凤商量贾赦纳妾一事，精明的王熙凤知道贾赦打鸳鸯的主意，是一件太岁头上动土的事情。对于邢夫人而言，她在家族中的地位虽然是头层主子，但是与王夫人、王熙凤等人相比，她却没有头层主子该有的支配能力，这能力的背后是权力，权力的背后也是能力。这两点都不具备的邢夫人，在王夫人面前也显得平庸，不仅邢夫人在家族中没实权和地位，同时在王熙凤面前也不怎么得脸。基于这样的尴尬局面，邢夫人妄想凭一些举动彰显自己的地位，在大家眼中也不过是猫学虎叫，以至于贾母怒斥邢夫人是“天天丢下笆儿弄扫帚”，形容邢夫人之举是无用功的瞎忙。

邢夫人在家族中处于尴尬地位，她的个人意识是被支配的，丈夫贾赦是一言堂，使她遵行三从四德。凡事太过便是矫枉过正，邢夫人多次弄巧成拙，在众人面前唱那黑脸人的戏。同样是贾母的儿媳，王夫人表面看着木讷，实则精明；邢夫人看着精明，实则整个人非常木讷，无论情商还是智商，眼界还是见识，都不及王夫人之一二。

当个人意识无法拥有主动支配权的时候，大多数人的选择就是遵守游戏规则，而邢夫人妄图打擦边球，遭到了王熙凤一番真心实意地劝告和拒绝："依我说，竟别碰这个钉子去。老太太离了鸳鸯，饭也吃不下去的，那里就舍得了？" 王熙凤在这里强调了鸳鸯对于贾母的重要性。王熙凤日常和鸳鸯打交道，了解鸳鸯一心为主的德行，若有人有中饱私囊的僭越行为，在鸳鸯这里绝对不会有方便之门，也正是因为鸳鸯的忠心，才得以有贾母对鸳鸯的放心。

接着王熙凤把老太太推到前面："况且平日说起闲话来，老太太常说，老爷如今上了年纪，作什么左一个小老婆右一个小老婆放在屋里，没的耽误了人家。放着身子不保养，官儿也不好生作去，成日家和小老婆喝酒。太太听这话，很喜欢老爷呢？这会子回避还恐回避不及，倒拿草棍儿戳老虎的鼻子眼儿去了！"

王熙凤借贾母之口直言指出了公公贾赦不注重身体保养，不把心思放在朝廷之上，而是一味地沉迷女色。王熙凤的这句话说得很严重，而贾赦在日常生活中的举动是有过之而无不及，如林黛玉初进荣国府，第一次到大舅舅贾赦这一房拜访的时候，所见的情景便是姬妾成群。

了解老太太昔日对贾赦做派的态度之后，王熙凤开始表态了："太太别恼，我是不敢去的。明放着不中用，而且反招出没意思来。老爷如今上了年纪，行事不妥，太太该劝才是。比不得年轻，作这些事无碍。" 王熙凤直言表态"我是不敢去的"，这是她的个人意识下的主动支配所产生的个人行为，倘或在王夫人面前，王熙凤的态度不会有这么直接。在利益面前，邢夫人没有足够支配王熙凤个人意识和个人行为的权力。前面都铺垫完之后，王熙凤开始真心劝邢夫人了："如今兄弟、侄儿、儿子、孙子一大群，还这么闹起来，怎样见人呢？" 王熙凤还是顾及公婆这一房的脸面，她真心劝告公公贾赦要自重。

儿媳王熙凤在婆婆邢夫人面前的这般言语，邢夫人当然不受用。从辈分的角度来看，邢夫人是找王熙凤商量贾赦纳鸳鸯为妾的事情，邢夫人的态度十分客气，这种客气在很大的成分上源于王熙凤要比邢夫人"得脸"，邢夫人不得不软和一些。

此刻，邢夫人发现软的不行，就以长辈的名义来弹压王熙凤，在这个尊卑分明、等级森严的家族中，邢夫人支配个人意识的主动权相对王熙凤而言，有足够的优势，也正是因为如此，王熙凤才会叹息自己年轻压不住人。面对王熙凤的一席话，邢夫人也有足够的理由弹压王熙凤："大家子三房四妾的也多，偏咱们就使不得？我劝了也未必依。就是老太太心爱的丫头，这么胡子苍白了又作了官的一个大儿子，要了作房里人，也未必好驳回的。"

在这件事情上，王熙凤考虑得比邢夫人要周全，王熙凤的劝告不仅仅从个人利益上出发，同时也从贾赦的脸面和家族的名声上考虑。但邢夫人在贾赦面前毫无支配个人意识和行为的主动权，也根本无法顾及所谓的利益和脸面，她满脑子想着如何替贾赦办好这件事情，以至于把王熙凤多方面的分析，都当成了耳旁风。面对王熙凤的劝告，邢夫人以退为进地说："我叫了你来，不过商议商议，你先派上了一篇不是。也有叫你要去的理？自然是我说去。你倒说我不劝，你还不知道那性子的，劝不成，先和我恼了。"邢夫人以长辈的名义支配王熙凤的个人意识和行为，可谓下下策。虽然使得王熙凤态度变得柔和，看似邢夫人赢得了主动权，但实则是将自己推入了更尴尬的局面。

服软的王熙凤，审时度势地把话锋一转，从个人意识的主动支配到被支配。对于王熙凤而言，主动权在不在自己手上都不重要，重要的是在游戏规则中，她不能被淘汰。王熙凤眼中的邢夫人"禀性愚犟"，只知道承顺贾赦以自保，以贪聚财货为自得，大小事情俱由贾赦摆布，面对这样的婆婆，王熙凤的服软示弱，是一种自保和自我周全。

王熙凤把话头一转，说："太太这话说的极是。我能活了多大，知道什么轻重？想来父母跟前，别说一个丫头，就是那么大的活宝贝，不给老爷给谁？背地里的话那里信得？我竟是个呆子。"王熙凤首先以自己年轻，不知道什么轻重为托词，给自己充分理由做退步的台阶；其次再说贾赦的重要性，并且强调"别说一个丫头，就是那么大的活宝贝，不给老爷给谁"，以此来投邢夫人所好。

王熙凤自称是“呆子”，其实她一点儿都不呆，她比邢夫人灵光，真正呆的人是邢夫人。接着王熙凤开始动之以情地把自己刚刚冒失的话圆回来：“琏二爷或有日得了不是，老爷太太恨的那样，恨不得立刻拿来一下子打死；及至见了面，也罢了，依旧拿着老爷太太心爱的东西赏他。如今老太太待老爷，自然也是那样了。”王熙凤顺利地下了这个台阶，为了稳住婆婆邢夫人的情绪，拿贾琏的案例晓之以理地做对比，意思是贾琏平常再混账，长辈都待他像心肝宝贝一样，更何况是长子贾赦，这也使得邢夫人心花怒放。

王熙凤给邢夫人抹足了蜜之后，开始煽风点火，建议邢夫人择日不如撞日：“依我说，老太太今儿喜欢，要讨今儿就讨去。我先过去哄着老太太发笑，等太太过去了，我搭讪着走开，把屋子里的人我也带开，太太好和老太太说的。给了更好，不给也没妨碍，众人也不知道。”王熙凤先趁着贾母开心去讨欢喜，然后邢夫人再去提这个事情，避开屋子里的人，即便是不成，邢夫人和贾母婆媳之间的对话，也不会传开。

王熙凤的建议起到了一定的作用，但是邢夫人太笨，并且自以为是，王熙凤的建议让邢夫人在欢喜之余，竟然想出了先找鸳鸯的办法，此时的王熙凤已经知道这件事弄巧成拙了。对于贾母的游戏规则，王熙凤知道里面的厉害，并且非常聪明地全身而退。她担心自己会受累牵连，便巧妙地先避开，看似没有拒绝邢夫人的商议，其实已经把邢夫人推向了危险的前线。

邢夫人替贾赦纳妾一事前后奔波，众人却都以集体沉默的方式来自保，这种集体现象都是源于利益，如贾母看到鸳鸯誓死不从的决心和对自己的忠心，故意以不清醒的状态质问大家“你们原来都是哄我的！外头孝敬，暗地里盘算我”，奚落完王夫人之后，再盘问邢夫人。贾母临危不乱的这个架势，比当年赵匡胤摆平文武大臣时的“杯酒释兵权”还要高明三分。毕竟赵匡胤是把个人意识和个人行为的被动变为主动，然后去制定“勒石三戒”的集体现象；而贾母则不同，她是从个人意识控制集体现象的大权中，再次以个人意识和个人行为，来质疑大家在她意识和行为的指挥中所表现的态度。贾母的生气实则是在立威。

从集体现象中，制定个人意识和个人行为规范的贾母，能够做到游刃有余。王熙凤在这样的游戏规则下，也有了不被出局的个人意识，从而获得了贾母授权支配个人行为和个人意识的主动权；而邢夫人，作为集体现象的参与者，她的个人意识和个人行为在贾赦面前被压迫，在贾母面前被出局。不管是从个人意识和个人行为的主动抑或是被动，邢夫人之举，是“香也烧了，菩萨也怠慢了”！

谁破坏了集体现象的游戏规则，在没有足够的个人意识和个人行为的主动权时，谁就会出局。无法制定规则，就要遵守规则，除非你有打破规则的个人能力和魅力，这就是集体现象！

探春个人行为的意识和担当

贾赦纳妾，贾母训斥王夫人："你们原来都是哄我的！外头孝敬，暗地里盘算我。有好东西也来要，有好人也要，剩了这么个毛丫头，见我待他好了，你们自然气不过，弄开了他，好摆弄我！"此言一出，王夫人不敢还一言，薛姨妈也不方便劝，弄得彼此尴尬。在集体沉默的现象中，探春把这件事情的始末看得非常清楚，接着便用一系列的个人意识和个人行为，扭转了这种尴尬的集体沉默。

探春心如明镜，她知道此刻的王夫人即便是心有委屈也不好向婆婆贾母辩解，薛姨妈更是为了避嫌，不好为自己的亲姊妹王夫人辩解，像李纨、凤姐和宝玉又是晚了一辈，再说一个是儿媳，一个是内侄女，一个是儿子，更是不敢也不能辩解。

探春的个人行为并没有挑战这个集体现象的游戏规则，而是说明了在这个游戏规则中，每个人所扮演的角色和所承担的职能略有不同。探春想着迎春老实，惜春小，而她虽然是王夫人抚养长大，但是毕竟不是王夫人所生，她来出面为王夫人辩解，最为公正，便走进来赔笑向贾母道："这事与太太什么相干？老太太想一想，也有大伯子要收屋里的人，小婶子如何知道？便知道，也推不知道。”当集体都保持沉默的时候，游戏规则往往会被篡改，探春的出现是极其理智和有担当的，谁也不怠慢，便把事情该有的规则讲得有理有据。探春的话犹未说完，贾母笑道：“可是我老糊涂了！姨太太别笑话我。你这个姐姐他极孝顺我，不像我那大太太一味怕老爷，婆婆跟前不过应景儿。可是委屈了他。”面对探春的据理力争，贾母显得非常受用，她圆融地说自己是老糊涂了，不显山不露水地把这件事情和颜悦色地解决了，一前一后的情绪变化，可谓是恩威并重。

探春对王夫人受冤的态度，王熙凤对邢夫人无可救药的放纵，在本回的故事情节中，出现了天壤之别。两人的个人行为和个人意识，在这个集体的游戏规则中，都有各为其主的主动性，只不过探春的行为属于突发行为。王熙凤作为管理者，她的行为是长期庖丁解牛的历练，导致她在面对特殊情况时的态度就像是橡皮泥一样，根据需求去拿捏。探春和王熙凤这样的个人行为和个人意识，一直延续到五十五、五十六回，探春和王熙凤在集体现象中，个人行为和个人意识再次从被动到主动，从主动到被动。

探春的担当从四十六回开始体现，不过是以探春突发的个人行为一笔带过，充其量是小荷才露尖尖角。放眼整个家族来看，探春的个人行为和个人意识是相当前卫的，以至于她能说出“我但凡是个男人，可以出得去，我必早走了，立一番事业，那时自有我一番道理”的话。这是探春个人意识和个人行为的苏醒，但奈何是女儿之身无法自立，这种不可改变的现实导致探春在兴利除宿弊的举动中，将个人意识变成动力，推动着个人行为搞改革。

在家族分工利益上，探春改革的行为虽然和大家有商有量的，但是众人的态度还是抵不过王熙凤和王夫人的掌权。在不损害个人利益的前提下，王熙凤面对探春的个人行为和个人意识时，自己选择了处于被动的一面。

探春能够改革，源于王熙凤身体抱恙，王夫人便命探春同李纨两人裁处，才有此机会大显身手。新官上任的探春，第一件事就是开源节流，这一开一节的过程，必定是对以往的集体现象来了个一定规模的重新洗牌。虽然此时探春对自己的个人行为和个人意识有足够的支配能力，但是对于王熙凤而言，探春的行为只是在王夫人和她的授权之下，才能得以伸展。王熙凤此时退居，实则是观望，她在管理上遗留下来的漏洞，通过探春的改革是否能弥补，这是她最愿意也是最想知道的结果。一旦改革成功，皆大欢喜；一旦改革失败，这个唱黑脸的人必定是探春而非王熙凤。不管成败，授予探春的个人行为和个人意识，都是在游戏规则之内的，如同贾母授权王夫人和王熙凤一样，只要不打破游戏规则

的平衡，任何个人行为和个人意识都有可发展的空间。

探春的这出戏最后成功了，而且还深得人心，最让王熙凤开心的是，解决了不少财务上的捉襟见肘。有着这样皆大欢喜的结果，离不开探春的远见和担当。王熙凤将自己从主动退为被动，探春从被动转为主动，俩人不过是角色互换了一番。事实上，在这个集体现象中，谁是真身谁是替身都不重要的，重要的是谁不被出局，赢得游戏制定者的青睐才是关键。所幸的是，在这个局面上，没有谁成谁败，而是共赢。在个人行为和个人意识上，把集体现象发挥到共赢的局面，这是王熙凤的机敏之处，更是王夫人的深谋之处，同时也是探春个人行为和个人意识的精妙之处，三者缺一不可。

集体现象的无视和个人行为的荒谬

在集体现象不被破坏的前提下，贾母在宽严和进退之间，把控得非常好。在这种大户人家，权力的任性是再正常不过的事情，所以贾母敢对邢夫人说：“他（贾赦）要什么人，我这里有钱，叫他只管一万八千的买去，就只这个丫头不能。”因为游戏规则是贾母制定的，在禁与纵之间，让这个度也是贾母所把控的，贾赦最后费了八百两银子，买了一个十七岁的女孩子收在屋内，是贾母给了台阶，让这件事情在沸沸扬扬之后最终回归平静。

贾赦的行为是集体现象的冷漠和无视，从而造成个人行为的荒谬与不堪。如果贾赦纳妾是属荒谬，那么接下来贾赦玩物丧志，谋财害命，则是个人行为的不堪。

贾赦因看上了几把扇子，几经找寻不得。不曾想一个穷得连饭都吃不上的石呆子，偏偏有好多把，并且死也不肯拿出来，贾琏各方周旋，却不见效果。没想到贾雨村投其所好，滥用职权，给了石呆子莫须有的罪名，将扇子一并没收，致使石呆子不知是死是活。贾赦沉浸在得到扇子的喜悦中，儿子贾琏看到这些非法得来的扇子，便说：“为这点子小事，弄得人坑家败业，也不算什么能为！”不想这句话却换来了贾赦的一顿暴打。

儿子好言相劝，并非为非作歹，却被父亲毒打一顿，实则荒谬。在曹公的笔下，贾政笞子和贾赦家暴这两件事情，把贾政和贾赦截然不同的两类父亲和盘托出，看似不相干的两件事情，在这本书的镜像世界中对比性极强。如贾政笞子，大家对贾宝玉的溺爱是集体现象共同达成的意识，却因为贾政笞子的个人行为，而导致集体现象被冲击。贾政笞子的举动是牵一发而动全身，贾政虽然作为父亲有主动权，但是有贾母的存在，这种主动立马变成了被动，由贾政能不能笞子过渡到贾母有没有授权贾政笞子，这是一个值得关注的问题。贾政笞子的动机对不对，贾宝玉犯错该不该教育，这些都不重要，也是大家所无视的集体现象，大家重视的是宝玉被毒打后的安危。当贾政意识到自己没有教育贾宝玉的个人行为和个人意识的主动权时，在贾母面前毫无脸面；反之，对于贾赦荒淫无度，暴打贾琏之事，家族上下反应却不大。对于犯错的贾宝玉过分的保护，对于贾琏正义之举的冷漠，这种集体现象下的个人行为和个人意识，形成了“保护非法，打击合法”的畸变，不得不说这是集体现象所造成的个人行为的荒谬。

孤舟蓑笠翁獨釣寒江雪

贾赦的荒唐

若论红楼女性多为佼佼者，那么红楼男性大多在作者的笔下显得极为不堪。用贾宝玉的话来说“男人是泥作的骨肉”，用柳湘莲的话来说“你们东府里除了那两个石头狮子干净，只怕连猫儿狗儿都不干净”，以这样的视角去看书中的男性角色，荒唐和荒谬之事数不胜数，甚至读来让人瞠目结舌。

集贪与恶为一体的贾赦，在众多男子当中，可谓是数一数二的人物，玩物丧志且不说，还是个偎红倚翠的人物。看贾赦这号人物荒谬之举的形成，需要从贾赦拥有得天独厚的家族背景来分析。以贾府当时的官场背景，贾赦和贾珍是世袭，贾政是赐了官，贾蓉是捐了一个官，甚至连同他们的奴才赖尚荣都捐了一个县官，

这可谓是完美地诠释了“一人得道，鸡犬升天”的道理。

这样的家族背景，使得贾赦拥有的一切有种理所应当的感觉，最为典型的例子就是从石呆子手中非法夺得扇子之事。在有权有势的家族之中，这种现象也算是司空见惯，但是荒谬之处就在于，本身与父亲贾赦也是一路货色的贾琏，却看不惯父亲之举，为石呆子坑家败业的遭遇发表了个人看法，不料成为贾赦恶打他的理由，可谓是把贾赦之恶抬高了一个层面。对儿子贾琏如此，贾赦对贾环的诗作点评更是撑霆裂月。

“这诗据我看甚是有骨气。想来咱们这样人家，原不比那起寒

酸，定要‘雪窗萤火’，一日蟾宫折桂，方得扬眉吐气。咱们的子弟都原该读些书，不过比别人略明白些，可以做得官时，就跑不了一个官的。何必多费了工夫，反弄出书呆子来。所以我爱他这诗，竟不失咱们侯门的气概。”贾赦的这一番言论，将他昔日的德行表现得淋漓尽致，这席话中很多层意思值得我们细细分析。第一是贾赦的世袭背景，使他在家族祖先的福德庇佑下，有着不劳而获的优势；第二是勤奋苦读在贾赦的眼中，是寒酸子弟的行径，且认为他们这种大家族，有着非一般的贵族气质；第三是贾家的男人在官场的所得如拾草芥，乐享富贵方是大家族的正派，这也是他对侯门男子气概的理解。由此三点可看，贾赦对贾环诗作的“欣赏”，对石呆子的暴戾，对儿子贾琏的硬施威力，全都仰仗着他得天独厚的家族背景和资源。

拥有这样的背景，大男子主义和刚愎自用的性格使得贾赦和邢夫人夫唱妇随。贾赦刚愎且多欲，邢夫人柔邪且多疑，可谓不是一家人不进一家门。林黛玉初到大舅舅贾赦府上，所见场面便是盛装丽服的姬妾丫鬟成群，虽然在第三回是蜻蜓点水之笔，但不容小觑。贾赦欲纳鸳鸯为妾，却闹个不欢而散，最后在贾母一席话的暗示中，花了八百两银子买了一个妾，才挽回了些许颜面。

不管是从家族背景的荒谬，还是从贾母私相授受的家族教育的荒唐中，那句“训有方，保不定日后作强梁；择膏粱，谁承望流落在烟花巷”，可谓别有味道！

你到底做了曹雪芹的梦还是高鹗的梦

曹雪芹前八十回的《红楼梦》一直未曾醒来，直到高鹗的出现，不仅为曹雪芹续梦，同时也在为曹雪芹解梦。

高鹗进入曹雪芹的梦，有点像是刘姥姥进入大观园一样，需要的是讨巧和讨好。曹雪芹的梦有仙梦和尘梦，梦境有仙境和尘境，更有仙缘和尘缘。高鹗入梦，如果不能清楚定位，很难厘清真的人与假的人，真的事与假的事。高鹗进入了曹雪芹的梦之后，还要清楚地知道，在曹雪芹的梦中，有贾宝玉的梦中梦，更有元春“虎兕相逢大梦归”的梦。贾宝玉的梦是众生的梦也是个人的梦，元春的梦是家族命运的梦，不同的境况不同的梦境。曹雪芹造梦之后，高鹗需要衔接的是曹雪芹没有交代完毕的梦，他作为解梦人，来讲述和交代后四十回的事情，有点像是素描，曹雪芹的梦有多么立体，高鹗的解梦就需要有多大的阴影，毕竟阴影是构成立体的重要部分。

从前后看故事的机锋

故事的发展是往后的，高鹗的续梦是往前回归的，这是高鹗解梦的先见之明。从曹雪芹第一回“甄士隐梦幻识通灵 贾雨村风尘怀闺秀”再到高鹗续梦最后一回“甄士隐详说太虚情 贾雨村归结红楼梦”，高鹗把因果最后的走向全都交给了甄士隐和贾雨村。不管你在太虚幻境是“真作假时假亦真”，还是“无为有时有还无”，这两人就如同事物的一体两面。作为第三者可能是非难辨，但对于甄士隐和贾雨村而言，他们有绝对的发言权，“梦幻识通灵”的目击者是甄士隐，所以他有资格详说太虚情；“风尘怀闺秀”的是贾雨村，所以他有资格归结红楼梦，二人是参与者，也是旁观者，更是解读者，这三个条件的具备，被高鹗总结得非常到位。

“用即了了分明，应用便知一切”，没有迷惑才能了了分明，高鹗做到了，他知道曹雪芹的梦就像是蜜一样，但是处于刀尖上，想要做到刀尖舔蜜，需要冒极大的风险。贾宝玉梦中的蜜，对于常人而言看到的是蜜，对于明心的人而言，这不是蜜而是毒药。

如同当年石头看到温柔富贵乡想去温存，其实石头并不知道

这所谓的温柔富贵乡不是蜜而是火坑。无法如人饮水，便无法做到冷暖自知，所以一僧一道只能让石头红尘走一遭，去渐悟美中不足，如同曹雪芹没有把毒药直接放在杯子里，而是倒进了大观园的池子里，对于角色抑或是读者而言，这样的中毒不是立马见效的，而是慢性的。所以高鹗知道，这些人的中毒最后都是有病状的，分析前八十回的病因，病根的缘起之处是在薄命司。

贾宝玉梦中的薄命司是药房，既有解药也有毒药，解药是根本，毒药是错用其心。进入薄命司的人，如果没把解药用好，就会变成毒药。所以没有预知能力的贾宝玉翻开了诸位救命的册子，因为自性有碍用错了心，他一步一步地见证着诸位的离开，而无法做到预防，自己却深受世间诸苦的荼毒，以至于到最后才知舍离。

高鹗是聪明的，他知道拿到梦中解药的贾宝玉不及甄士隐那般果决。在《红楼梦》这部作品中，甄士隐的顿悟绝对是可以统领全篇的，他那首《好了歌注解》，更是画龙点睛之笔，再看人间疾苦，红楼梦的幻象中，甄士隐是少有的正面教材。看多了曹雪芹大镜头的造景，高鹗明白，只有特写镜头才能补充大镜头的不足，

至于林妹妹穿成什么样子，大家是怎么离开的，这个家族是怎么破败的，他要做到非常详细地描写，才可以窥探其中的真实奥义。放得出去收得回来，前后呼应，同时不会单刀直入，并且几乎吻合了故事的基本走向，这一点高鹗配合曹雪芹的造梦，最为恰当。

高鹗第一百二十回的总结，非常值得深思。当贾政听到“我

所居兮，青埂之峰。我所游兮，鸿蒙太空。谁与我游兮，吾谁与从。渺渺茫茫兮，归彼大荒”的作词，贾宝玉回归了，回归成曹雪芹第一回中的大荒山无稽崖青埂峰下的石头，解决了整部作品中从哪里来到哪里去的终极问题。取于自然，回归自然，来时青埂，去时也因“情根”（“青埂”的谐音），山水之间，万法自然，高鹗之续就是安身立命之处。

高鹗续梦中的解梦

家族破败之后，众人一蹶不振，昔日的欢愉也少了，即便有也是假象的热闹。一向喜欢热闹的贾母，想借此机会为薛宝钗庆生热热闹闹一番，可惜聚会之人零零散散，各自都打不起精神来娱乐，故此掷个曲牌名儿赌输赢酒。在酒桌上，高鹗继曹雪芹之后，揭开了每个人宿命的谜面。

后四十回续中写贾宝玉掷骰子，没想到掷出个“张敞画眉”的典故来。这个典故讲的是张敞和妻子的感情非常好，最为典型的例子是他为妻子画眉，大家一看贾宝玉弄出这么一个典故，便打趣他，弄得薛宝钗也跟着一脸绯红。在现实中，贾宝玉和薛宝钗的夫妻感情有名无实，毕竟贾宝玉在意的是木石前盟，而非金玉良缘，然而在现实两难全的情况下，偏偏让贾宝玉在酒桌上弄出个夫妻感情好的典故。

这是酒桌上的第一则暗示，接着王熙凤不知典故出自何方，便问下家是谁，贾宝玉自认“罚了罢，我也没下家”，这一席话成了谶语，贾宝玉最后的命运是出家了。对于出家人而言，是要

舍弃小家，无处是家但又处处是家，贾宝玉在酒桌上的这句“我也没下家”，预示了他最后出家的抉择。酒桌上的第二则暗示出来后，紧接贾宝玉之后掷骰子的李纨，本身也是有寓意的。李纨是寡妇，继“张敞画眉”之后，按说应该出现的是薛宝钗，但是李纨出现了。如果把贾宝玉比喻成张敞，他的妻子又是谁呢，是林黛玉还是薛宝钗？这个问题是一个终极问题，巧就巧在高鹗跳出了这个问题的套路，让李纨的出现也预示着最后薛宝钗孤独终老的命运。

高鹗续曹雪芹的梦，显得小心翼翼，曹雪芹藏在梦中的伏笔，高鹗一个小马虎便能把这后四十回变成狗尾续貂。贾宝玉此生为谁画眉，曹雪芹也一直在斟酌这个问题，以至于到最后，谁接手都会接到一个烫手的山芋，因为两难的事情是最不好做的。

高鹗续梦，需要前后呼应，不然这不叫续梦，而是新梦。高鹗续梦很有技巧，在梦和现实之间来去自如，能高度模仿并且沿用曹雪芹的手法，通过酒桌之上，以李纨的名义掷出了“十二金钗”，贾宝玉忽然想起十二钗的梦，接着又想起了曾经一起嬉戏玩耍的姊妹们，同时也想到了林黛玉。高鹗此处的手笔与曹雪芹的太虚幻境遥相呼应，可谓是衔华佩实。

如果高鹗没有任何预兆地写贾宝玉想起林黛玉，读起来会觉得有些突兀，更会让读者觉得矫揉造作。高鹗续梦，他很懂得曹雪芹的套路，曹雪芹留下来的梦中梦和梦中谜，此刻高鹗正在打破，他通过借物生情的方式，带出了林黛玉，也非常自然而然地写到贾宝玉离开座席之后，到了无人问津的潇湘馆。

到了一百〇九回“候芳魂五儿承错爱”，高鹗续写的部分，可谓是点睛之笔。来到潇湘馆的贾宝玉触景生情，回来之后，希望能在梦中和林黛玉的仙魂神交。到了第二天贾宝玉晚间归房，想起昨夜黛玉竟不入梦，又生了其他的念头，见到五儿在一旁服侍，贾宝玉忽然想到当年袭人不在家时，晴雯和麝月两个人服侍，夜间麝月出去，晴雯要唬他，因为没穿衣服着了凉，后来还是因这个病死的。这种穿针引线的写作，高鹗之续一气呵成，毫不拖泥带水、矫揉造作，非常成功地把晴雯也带出来了。

这里为什么要点到晴雯，非常值得深思。第七十八回关于“痴公子杜撰芙蓉诔”一段，贾宝玉为晴雯的仙魂写了一段诔文，可谓是贾宝玉的扛鼎之作。贾宝玉祭完了晴雯，只听花影中有人声，才知道是林黛玉在花丛后面。林黛玉建议贾宝玉把诔文中“红绡帐里，公子多情；黄土垄中，女儿薄命”改为“茜纱窗下，公子多情”，贾宝玉对林黛玉的建议非常赞同，但是又觉得不妥。贾宝玉说：“虽然这一改新妙之极，但你居此则可，在我实不敢当！”

贾宝玉的这句话是机锋，他怕“茜纱窗下”犯了忌讳，这里是伏笔，不是忌讳，而是埋下了谶语。林黛玉的回答更有意思：“何妨。我的窗即可为你之窗，何必分晰得如此生疏。古人异姓陌路，尚然同肥马，衣轻裘，敝之而无憾，何况咱们。”这里讲的就是宿命，贾宝玉的《芙蓉女儿诔》表面上是写给晴雯的，实际是写给林黛玉的，听到诔文的人不是别人，而是林黛玉，况且林黛玉也表明了“我的窗即可为你之窗”。在这窗下，暗喻了公子多情和女儿薄命的结果，最后贾宝玉敲定为“茜纱窗下，我本无缘；黄土垄中，卿何薄命”，贾宝玉的“我本无缘”和“卿何薄命”一语中的，同时预言了他跟林黛玉的缘分和林黛玉最后的命运，正是因为如此，聪慧的林黛玉听后便忡然变色。

到了一百〇九回，贾宝玉经过一系列的事情，来到了林黛玉

生前住的地方，高鹗续的部分与曹雪芹写的第七十八回，可谓是比肩联袂。然而高鹗之续，又通过五儿的服侍令贾宝玉想到了晴雯。对于一本书的续写者而言，写到贾宝玉思念林黛玉不足为奇，

把晴雯一同带入其中，不得不说高鹗懂曹雪芹，他知道曹雪芹在做什么样的梦，他也能为曹雪芹续梦，更能为曹雪芹解梦。这样的细节描写，非一般人能及。

梦中人和戏中梦

贾宝玉神游太虚幻境，翻开了金陵十二钗又副册，其中有一篇写道：“枉自温柔和顺，空云似桂如兰。堪羡优伶有福，谁知公子无缘。”这里讲的是袭人的判词。贾宝玉梦中的袭人，最终与贾宝玉是“无缘”。第一个跟贾宝玉行周公之礼的人便是袭人，判词中却说袭人命运的走向是“优伶有福”，这个“优伶”是指一个唱戏的人。

从曹雪芹写的部分来看，袭人是一心奔着姨娘的位置而谋事的，但是在大家族的命运背后，很多事情由不得任何一个人或者说一个团体来直接衡量和决定。曹雪芹关于袭人的这条线铺得特别长，二十八回“蒋玉菡情赠茜香罗”，在宴席上，贾宝玉和蒋玉菡初次见面，在行酒令的时候，蒋玉菡道出一句“花气袭人知昼暖”，薛蟠听后跳了起来，认为蒋玉菡犯了贾宝玉房内丫鬟袭人的名讳，应该认罚。毫不知情的蒋玉菡无意间说出了袭人的名字，是非常不经意。紧接着蒋玉菡和贾宝玉私下互赠随身之物，贾宝玉将袭人做给他的松花汗巾，转送给了蒋玉菡。回家后被袭人发现了这件事情，贾宝玉为了哄袭人开心，将蒋玉菡送给他的茜香国女国王所贡大红汗巾子系在了袭人的身上。这里是非常透彻的一笔，原本是不认识的两个人，通过贾宝玉之手，将两个人的物品互赠，这冥冥之中，贾宝玉已经为两人做了嫁衣裳。

袭人是贾宝玉的丫鬟，也如他的姐姐一般。袭人在贾宝玉心中占据着非常重要的位置，而在众多男性之列，蒋玉菡在贾宝玉心中也有举足轻重的地位。贾宝玉盼着见琪官很久了，没想到琪官就是蒋玉菡的小名，后来贾宝玉私藏蒋玉菡，还被贾政暴打了一顿。袭人和蒋玉菡在贾宝玉心中的分量可见一斑。

曹雪芹借贾宝玉之梦，道出了袭人的命运，又借贾宝玉和蒋玉菡初见，无形中促成了蒋玉菡和袭人的因缘。曹雪芹造梦的一笔，梦中人就这样在温柔富贵乡中逐渐走向了预言的方向。

高鹗之续，继曹雪芹的造梦之后，将贾宝玉对袭人的梦续下去。二十八回“蒋玉菡情赠茜香罗”，曹雪芹已经点得很透彻了，高鹗再续袭人这段梦，相对而言有点困难。曹雪芹在贾宝玉梦中和贾宝玉的生活中，已经将这个梦的来龙去脉讲得非常透彻，无须高鹗继续注解，高鹗只要合理地续上袭人和蒋玉菡的这段缘分即可。按照故事走向，高鹗的续梦显得有点头重脚轻，如果想达到比肩接迹的效果，要做到曹雪芹一概的笔锋，就必须千里铺长线，将人物的命运步步推向最后的巅峰。

假设把袭人和蒋玉菡的故事走完需要五百由旬方可圆满，曹雪芹只做到了三百由旬，重中之重的后两百由旬，高鹗需要不落窠臼地续下去，高鹗做到了，而且续得别出心裁。

关于袭人，高鹗的续梦不在梦中，不在现实中，而在戏中。曹雪芹的提问，高鹗的回答，都在不落话头上。第九十三回，蒋玉菡在临安伯府唱戏，其中蒋玉菡有一出《占花魁》，是他们班子顶好的首戏。高鹗之续，详细地描写了一段贾宝玉听戏的系列动作："果然蒋玉菡扮着秦小官伏侍花魁醉后神情，把这一种怜香惜玉的意思，做得极情尽致。以后对饮对唱，缠绵缱绻。宝玉这时不看花魁，只把两只眼睛独射在秦小官身上。"

《占花魁》这一出戏，不经意中点到了贾宝玉在太虚幻境的梦中之人——袭人。这出戏的典故出自《卖油郎独占花魁》，是明末白话小说《醒世恒言》中的一篇。卖油郎秦重对"西湖花魁"王美娘无比痴迷，他辛辛苦苦攒下了一年的积蓄，只为和王美娘相处一夜，王美娘醉得颠鸾倒凤，卖油郎秦重在一旁悉心照料，毫无乘人之危的念头。不久，王美娘被一富家公子百般凌辱，然后丢弃在十锦塘上。大雪纷飞的时节，王美娘几乎命在旦夕，幸得秦重相救，最后王美娘赎身从良，终身托付给秦重。

《红楼梦》中有一个人叫秦钟，《占花魁》里的这个角色叫秦重。第九十三回，贾宝玉听戏，有一段这样的感慨："直等这出戏进场后，更知蒋玉菡极是情种，非寻常戏子可比。因想着《乐记》上说的是'情动于中，故形于声。声成文谓之音。'所以知声，知音，知乐，有许多讲究。声音之原，不可不察。诗词一道，但能传情，不能入骨，自后想要讲究讲究音律。”蒋玉菡唱《占花魁》，贾宝玉把蒋玉菡视为“情种”，实则暗喻蒋玉菡是“秦重”，这是高鹗的一段伏笔，蒋玉菡对应秦重，袭人对应王美娘，贾宝玉对应戏中的纨绔公子。

高鹗之续，通过戏文把曹雪芹笔下的梦中人的情缘续上，第九十三回通过戏中梦将袭人、蒋玉菡和贾宝玉三人的情缘续上之后，在第一百二十回中，高鹗为曹雪芹之前的内容解梦：“到了第二天开箱，这姑爷看见一条猩红汗巾，方知是宝玉的丫头。原来当初只知是贾母的侍儿，益想不到是袭人。此时蒋玉菡念着宝玉待他的旧情，倒觉满心惶愧，更加周旋，又故意将宝玉所换那条松花绿的汗巾拿出来。袭人看了，方知这姓蒋的原来就是蒋玉菡，始信姻缘前定。袭人才将心事说出，蒋玉菡也深为叹息敬服，不敢勉强，并越发温柔体贴，弄得个袭人真无死所了。”这段详细的描写中，袭人像极了落魄之际的王美娘，秦重对她情深义重。对比第九十三回的《占花魁》，这段戏的描写在《红楼梦》这本书中仿佛是杜撰，写得极有深意，可见高鹗文笔之巧，心思之细，故事衔接之妙。

这一系列对比和呼应，将书中的人物命运走向设置得环环相扣，这也对应了曹雪芹笔下的太虚幻境中，贾宝玉翻出袭人的判词“堪羡优伶有福，谁知公子无缘”，“优伶”在高鹗之续中，指出了是蒋玉菡，即便是贾宝玉和袭人曾经发生过云雨关系，也是“公子无缘”。高鹗之续安排蒋玉菡与曹雪芹所指的人是一致的，续梦的手笔是通过戏文的暗喻，可谓游戏人间，似戏似真。

优秀的人『对比』优秀的人

《红楼梦》第四十回，贾母在大观园宴请众人，饭毕，贾母建议大家坐船去藕香榭听曲儿。在船上，贾宝玉看见水面上的残荷，担心随行的林黛玉见此画面触景伤情，便说：“这些破荷叶可恨，怎么还不叫人来拔去。”

不想换来林黛玉一句：“我最不喜欢李义山的诗，只喜他这一句：‘留得残荷听雨声’。偏你们又不留着残荷了。”

李商隐作为晚唐诗坛无可匹敌的代表性人物，他的作品用文艺评论家李劼的话来说：“义山仕途从九品到六品，诗作从上品到极品，乃唐诗审美标高所在，境界在李杜之上。”不仅后人对李商隐的评论极高，在当时的晚唐，李商隐的诗作已经是登峰造极。然而在第四十回，林黛玉一改她敏感的情绪，看到残荷之后，不仅没有触景伤情，反而说不喜欢李商隐的诗，唯独喜欢他那句“留得残荷听雨声”，显得有些大不一样。

李商隐诗作的最大特点是“情”，字里行间不需要多加注解，唯有意会方能体会到其中的幽深。后人注解李商隐的诗作，越注解越无法还原其诗中意境，他的诗作给我们的感觉总是若即若离，在朦朦胧胧之间显现出深度。对于一花一木、一缕一丝都有着深情解读的李商隐，按理说像极了林黛玉的敏锐，而林黛玉这般言简意赅地说出对其的不喜，是值得让人深思的。纵观整本《红楼梦》，不管是从作者曹雪芹的视角，还是从林黛玉这个角色来看，对李商隐的不喜欢，都是有原因的。

李商隐和林黛玉的坎坷经历

李商隐幼年丧父，十六岁在东都洛阳投奔令狐楚门下，深得令狐楚的赏识，并且与令狐楚的儿子令狐绹关系甚好。没有任何人脉资源的李商隐，能认识当时的诗坛大腕白居易和刘禹锡等人，全靠令狐楚的推荐。考场上，没有任何背景而空有才华的李商隐，多次考试未果，最后在令狐绹的推荐下，中了进士。只可惜好景不长，令狐楚不久之后便病逝了。李商隐虽然深得令狐家的知遇之恩，但是想要在官场上有立足之地，椟中之玉总是要待价而沽，李商隐便投奔了当时担任泾原节度使的王茂元。

在当时“牛李党争”的政治斗争中，令狐家和王茂元属于敌对的状态，令狐楚一走，李商隐立马投奔王茂元，这难免让令狐绹心寒。开成四年（839 年），爱才的王茂元将自己的二女儿嫁给了李商隐，眼看李商隐大有前途，哪知道几年之后岳父王茂元离世。李商隐不得不再次回到长安，几经波折之后投奔到了卢弘那里，没想到卢弘不久后去世了，同一时期，与李商隐伉俪情深的王氏也病故了。潦倒不堪的李商隐，最后还是在令狐绹的帮助下，得了正六品上的太学博士学位。

当年写《红楼梦》时的曹雪芹，已经是家族破败，没落到“门户凋零，人口流散，数年来更比瓦砾犹残”的地步，历史的故事，绝对不会只在一个人身上上演。曹雪芹这一生的颠沛流离像极了李商隐的一生，况且两个又都是在作品上字字句句有情的文人。曹雪芹将自身的经历投射在《红楼梦》这本书中的角色身上，我们细看整本书，除薛宝钗全家投奔贾府之外，有两个人的投靠特别有意思——贾雨村和林黛玉。

曹雪芹介绍贾雨村是“胡诌人”，便有讥讽的意味。贾雨村是一个寄居在葫芦庙里，靠卖字画而得以生存的穷儒。曾在中秋之夜吟出一句“玉在匮中求善价，钗于奁内待时飞”。一心想飞黄腾达的贾雨村，把自己比喻成椟中待价而沽的玉，奁内待时而飞的钗，可见他的一腔抱负。最终他得到甄士隐的救助和推荐，才在官场上立足。但贾雨村是忘本之人，在贾家落难之际，贾雨村投靠到与贾家对立的一方，并且火上喷油，倒打一耙，为人所不齿。

贾雨村易主，并且喜欢落井下石。在这里，并不是拿贾雨村的经历来影射李商隐。我们可以换另外一种思维，去理解创作者曹雪芹的创作思路。曹雪芹在介绍贾雨村是“胡诌人”的时候，本就带着一种情绪，纵观贾雨村的前前后后，确实做出了很多荒唐胡诌之事，书中的这个角色，的确有点像李商隐的经历。但李商隐不同于贾雨村，在形势上，李商隐是被坎坷牵着鼻子走的人，而贾雨村却不是。

林黛玉说“我最不喜欢李义山的诗”，倒不如说是曹雪芹借着贾雨村这么一个角色，结合自己的切身经历，把这种情绪影射到李商隐身上，因为曹雪芹和李商隐简直太像了。他们的作品都是在繁华之后字字带泪，或许李商隐就是曹雪芹的一面镜子，看着镜子中的自己如此落魄，曹雪芹难免不忍。

林黛玉也是寄人篱下，与李商隐有相似之处，不同的是，林黛玉是幼年丧母，他是幼年丧父。丧妻之后的李商隐，写下“此情可待成追忆，只是当时已惘然”，人生最后写下“何当共剪西窗烛，却话巴山夜雨时”，李商隐的泪最终都是流到了诗中。

不管是《葬花辞》《五美吟》，还是在凹晶馆与史湘云联诗，从作品的情感色调上来对比，李商隐和林黛玉恰恰相反。李商隐现实是冷的，但诗中却是有情的；而林黛玉现实是有情的，诗作中却是冷的。

李商隐的泪是流到了诗里，而林黛玉的泪，流到她和贾宝玉的宿命里。

李商隐和林黛玉的作品情怀

林黛玉的性格多愁善感，她看待事物的眼光也极为独特，在作品的表现上，林黛玉跟李商隐的情怀是相同的。林黛玉的“效颦莫笑东村女，头白溪边尚浣纱”，与李商隐的“不知腐鼠成滋味，猜意鹓雏竟未休”，在思想上是相辅相成的。

林黛玉的《五美吟》，第一首选的是西施：

一代倾城逐浪花，吴宫空自忆儿家。
效颦莫笑东村女，头白溪边尚浣纱。

大家都羡慕西施的美貌，而林黛玉却恰恰相反，她反而认为西施的美是一种罪，因为西施的美貌被政治利用，使她以美色诱惑吴王，不能自主人生。然而那个因效颦事件被人笑话的东施，却是林黛玉所羡慕的，林黛玉看重的是生命的自由，至少白头的时候，东施还能在溪边浣纱。由此可见林黛玉不与世同的清高。

与之相同的是李商隐。李商隐在令狐楚死后，又投奔到令狐家政治敌对的一方，深受当时政坛和文坛的议论，不管是作为令狐楚的门生，还是后来成为王茂元的女婿，其实李商隐并非“燕子易主”。恰恰相反的是，他在政坛上有自己独特的见解，他的政治志向旨在兴利除弊，而非那些卑谄足恭的官僚儒士之作风。面对文坛和政坛的冷嘲热讽，李商隐写下了非常有名气的《安定城楼》诗作：

迢递高城百尺楼，绿杨枝外尽汀洲。
贾生年少虚垂涕，王粲春来更远游。
永忆江湖归白发，欲回天地入扁舟。
不知腐鼠成滋味，猜意鹓雏竟未休。

尾联“腐鼠”和“鹓雏”都是有典故可出。惠子和庄子是朋友，后来惠子成了梁国的国相。一天，庄子准备去拜访老朋友惠子，惠子却认为是庄子另有图谋，便百般阻挠庄子过来。庄子看穿了惠子的心思，便跟惠子讲了一个典故：凤凰的幼鸟叫鹓雏，凤凰一族极为清高，非梧桐不栖，非竹米不食，非甘泉不饮，有一天，一只猫头鹰抓到了一只死老鼠，看到鹓雏落在它旁边，以为鹓雏是来抢死老鼠，便又叫又跳。庄子把自己比喻成清高的鹓雏，把身为国相的惠子比喻成抓了死老鼠的猫头鹰，以此讥讽惠子小家子气。看似活得很窝囊，让人所鄙夷的李商隐，把仕途上的不顺都写进了诗作里，由此可见李商隐不与世同的清高。

世人都羡慕西施的美貌，林黛玉却不为之所动，独独羡慕过着平常日子的东施；别人都以一官半职为资本，却在李商隐眼中看作是抓住死老鼠的猫头鹰，这种不与世同的清高，注定要孤独一生。孤独的人看待事物，有着不一般的见识，并非群小之志。

李商隐也曾在诗作中表达自己忧国忧民的情怀，如《梦泽》：

梦泽悲风动白茅，楚王葬尽满城娇。
未知歌舞能多少，虚减宫厨为细腰。

这首诗作直批癖好女子细腰的楚灵王昏庸无道，致使满城女子曲意逢迎。与杜牧《泊秦淮》诗作中“商女不知亡国恨，隔江犹唱后庭花”恰恰相反，杜牧将国家的兴亡归于商女的无知，李商隐则直指帝王的昏庸无道，为宫女们深感可悲。

林黛玉创作的《五美吟》中，其中一首是写明妃：

绝艳惊人出汉宫，红颜命薄古今同。
君王纵使轻颜色，予夺权何畀画工？

林黛玉直接指出汉元帝昏庸无道，以画匠笔下的肖像来断定一个女子的美丑，直到发现明妃要去和亲，才后悔拱手相让美人的决定，并且把这一切的责任，归给画匠毛延寿。

从杜牧的“商女不知亡国恨，隔江犹唱后庭花”，到李商隐的“未知歌舞能多少，虚减宫厨为细腰”，不难发现林黛玉那句“君王纵使轻颜色，予夺权何畀画工”与李商隐有着同样的认识，他们以一种冷静且非常理智的态度，洞悉一件事情背后的不同因果。这一点，是一般文人难以做到的，恰恰李商隐和林黛玉同时兼备。

同李商隐者林黛玉也，曹雪芹亦复如是，林黛玉之情怀等同曹雪芹之情怀。

在《红楼梦》中，贾宝玉有反儒情节，李商隐也有。文人之腐朽，在李商隐诗里却很少体现，李商隐非常有主见，并且对孔孟之道持有疑问，曾说：“孔氏于道德仁义外有何物？”正是因为如此思想，李商隐才有《咸阳》这首诗作：“咸阳宫阙郁嵯峨，六国楼台艳绮罗。自是当时天帝醉，不关秦地有山河。”

贾宝玉同样不屑孔孟之道，也最恨那些经济学问之人，史湘云曾因“主雅客来勤”劝诫贾宝玉多学些仕途经济的学问，不想换来了贾宝玉一句：“姑娘请别的姊妹屋里坐坐，我这里仔细污了你知经济学问的。”一旁的袭人连忙劝阻史湘云，并把薛宝钗曾劝贾宝玉治学而羞得脸红之事，告诉了史湘云。袭人还拿林黛玉做

对比，夸薛宝钗虽然遭遇尴尬，但行事却叫人尊重，不似林黛玉那般小家子气。贾宝玉听到袭人此番言论，便说：“林姑娘从来说过这些混帐话不曾？若他也说过这些混帐话，我早和他生分了。”屋外的林黛玉听到贾宝玉的这番言论又喜又惊，又悲又叹，心里庆幸着：“果然自己眼力不错，素日认他是个知己，果然是个知己。”不管是诗作上，还是观点上，林黛玉绝非一般文人的群小之志，而是有着自己的思想和情怀，她和贾宝玉一样，都不提倡腐朽的

伪儒思想，对仕途经济的学问也嗤之以鼻。这一点，林黛玉和贾宝玉都像极了李商隐。

李商隐之才华，林黛玉之清高，曹雪芹之清贫，贾宝玉之他见，以林黛玉之口说出对李商隐的评价，非常符合林黛玉孤芳自赏的性格。在文人相轻的同时，也少不了对彼此惺惺相惜的欣赏，这在文人圈是常见的现象。而林黛玉看李商隐，是“相轻”，更是“相亲”。

李商隐和曹雪芹都喜欢引经据典

若说诗作中，善于杜撰典故的诗人，也非李商隐莫属了。在《红楼梦》四十九回中，刚刚学诗的香菱百思不得其解，满嘴里念叨：“怎么是杜工部之沉郁，韦苏州之淡雅，又怎么是温八叉之绮靡，李义山之隐僻。”李商隐的诗作风格“隐僻”，作品中典故居多，如李商隐的《谢书》：

微意何曾有一毫，空携笔砚奉龙韬。
自蒙半夜传衣后，不羡王祥得佩刀。

这首诗表达出李商隐对令狐楚知遇之恩的感激，字里行间一连用了三处典故，并且相得益彰。

第一个典故出自张良和黄石公。相传张良之所以能成为汉朝的开国功臣，源于他年轻的时候曾遇到过坐在桥上的黄石公，黄石公三次把鞋故意丢到桥下，张良却面不改色地捡了三次。恭恭敬敬的张良颇得黄石公的欣赏，并且传给他《太公兵法》，其中有一篇叫《龙韬》，最后张良待到太平时世后，弃职归山，从赤松子游，悟成仙道。这个典故的教育意义相当大。吴承恩笔下的孙悟空，刚被唐三藏从五指山下放出来，却经不起师父的教育，一声招呼也不打，便跑到了龙王那里喝酒，看到龙王那里挂了一幅《圯桥进履》，讲的就是张良和黄石公的故事，龙王拿这幅图劝告孙悟空要心存感恩，才使得孙悟空自觉惭愧，立马飞了回去。第一处典故李商隐是把令狐楚比作黄石公。

第二处典故出自五祖弘忍夜半传法于惠能，并将衣钵传给惠能，这是佛教非常有名的一则公案。惠能曾听《金刚经》“应无所住，而生其心”而言下大悟，礼拜五祖弘忍为师。李商隐自幼丧父，令狐楚将其收留，作为旗下门生，李商隐将令狐楚对自己的知遇之恩比作五祖弘忍对惠能传法。

第三处典故出自吕虔传刀给王祥事件。晋代的吕虔有柄佩刀，只有位列“三公”的人才可以佩带，吕虔非常赏识王祥，并把佩刀传给了王祥，王祥一路平步青云，最后位列三公。

李商隐以《谢书》感激令狐楚的赏识，在仕途不顺之际，李商隐写了篇《安定城楼》诗作，来表达自己的态度。其中颔联“贾生年少虚垂涕，王粲春来更远游”，李商隐引用了怀才不遇的贾谊和建安七子王粲的两处典故，来暗喻自己的遭遇。不仅如此，在尾联“不知腐鼠成滋味，猜意鹓雏竟未休”中，李商隐引用《庄子·秋水篇》，把嘲笑他的人比作是抓了死老鼠的猫头鹰，把自己比喻成清高的凤凰。

李商隐的诗作善于引用典故，而在整本《红楼梦》中，曹雪芹笔下也处处可见典故。

贾宝玉给林黛玉起的“颦颦”雅号，探春问名字的典故出自何方，贾宝玉便把《古今人物通考》中的“西方有石名黛，可代画眉之墨”跟眉尖若蹙的林黛玉做对比，“颦”字典故就出自这里。

第二十二回，众人听戏曲，一个唱戏的长相似林黛玉，心直口快的史湘云便当众说了出来。一心想化解尴尬的贾宝玉却好心办坏事把人给得罪了，自己反倒生了闷气。因听戏的过程中，得薛宝钗的讲解，知道了《寄生草》的好句子，贾宝玉一时又想到了《南华经》中句子，便写了一篇偈子“你证我证，心证意证。是无有证，斯可云证。无可云证，是立足境”，薛宝钗一看，认为贾宝玉悟了，林黛玉却不以为然，反问贾宝玉“尔有何贵？尔有何坚”，并且替贾宝玉补上了一句“无立足境，是方干净”。薛宝钗立马看出了林黛玉这八个字的典故出处，并且也看出了字里行间的典故深受神秀大师“身是菩提树，心如明镜台；时时勤拂拭，莫使有尘埃”和惠能大师“菩提本非树，明镜亦非台；本来无一物，何处染尘埃”两首偈子的影响。

晴雯被害，病逝归天，贾宝玉为晴雯写了一篇《芙蓉女儿诔》的诔文。长篇诔文中，多处引用典故，如“洲迷聚窟，何来却死之香？海失灵槎，不获回生之药”，便引用了《十洲记》中起死回生的返生香。而诔文中“高标见嫉，闺帏恨比长沙；直烈遭危，巾帼惨于羽野”，则讲的是直言进谏的贾谊，因被别人妒忌其才华而屈死；鲧偷息壤治洪水被祝融杀于羽山。贾宝玉直接用这两则典故来形容晴雯，可见晴雯的分量。诸如此类的引用，在诔文中频频出现。

如果没有对典故举一反三的本事，李商隐和曹雪芹也不会那么自然地把这些典故安放在作品中。二人相较，不分伯仲。

李商隐和林黛玉的诗作表达风格

林黛玉的情绪通常是往上走的。妙玉曾听林黛玉抚琴吟诗，因林黛玉君弦太高，与无射律不配，到下一句的时候，又忽作变徵之声。妙玉点评："音韵可裂金石矣。只是太过。"不管是林黛玉抚琴，还是诗作，这种情绪都表现在作品中，具有浓厚的伤感意味，并且愈来愈烈。李商隐不同于林黛玉，李商隐在作品的情绪表达中，多半是幽深而又让人回味的，即便是悲伤，读者都愿意沉浸在诗作的悲伤中。林黛玉最不喜欢李义山的诗，在某种程度上来看，是属于一种"近乡情怯"的心态。尽管两人在作品的情绪表达上有所不同，但是他们对一花一木都饱含着深情，情感的表露都是凄艳哀绝之风。

李商隐《无题》中"相见时难别亦难，东风无力百花残"，与林黛玉的《葬花辞》中"花开易见落难寻，阶前闷杀葬花人"大致相同。发乎于心，又止于心，诗作如此，二人的性格也是如此。正是因为聚散离合无有定数，也导致了林黛玉天生喜散不喜聚。

不同的是，李商隐和林黛玉两人在诗作的倾诉中，前者是缠绵于过往，后者是悲观于未来，相比李商隐的"春蚕到死丝方尽，蜡炬成灰泪始干”，林黛玉《葬花辞》的那句“尔今死去侬收葬，未卜侬身何日丧”更加让人深思。这种惘然，不管是李商隐，还是林黛玉，都有一种只可意会不可言传的感觉。李商隐和林黛玉对“情”的诠释，不用任何解读，都能令人领会其中的情真意切，因为他们的诗作意境朦胧优美，太多的解读恐怕只能显得语言的苍白和无力。

李商隐给死去的王氏写的《锦瑟》诗作，尾联“此情可待成追忆，只是当时已惘然”，单单读此一联，泪水就流淌在字里行间了。林黛玉通过葬花，为自己亲自做了一场葬礼，其中两句“试看春残花渐落，便是红颜老死时”，共鸣“此情追忆”时，也无奈“春残花落”，感叹“当时惘然”之际，也不忍“红颜老死”。他们的诗作都在流泪，泪流干之际，李商隐是“何当共剪西窗烛，却话巴山夜雨时”，而林黛玉则不同，她的性格是宁为玉碎不为瓦全，以至于泪流干之后便焚稿。

李商隐之清高，体现在“不知腐鼠成滋味，猜意鹓雏竟未休”；林黛玉之清高，则是体现在“不悔自家无见识，却将丑语诋他人”，或者说林黛玉情绪的扩张比李商隐情绪的内敛更高一层。也正是因为李商隐用情至深，以至于诸多文豪邂逅佛教之后，作品质量都会呈上升的状态，反而李商隐的诗作却不如从前，即便是那两句“永忆江湖归白发，欲回天地入扁舟”，有沧海一粟的意味，然字里行间的那股“情”却显得歇斯底里。

在诗作上，如此相近又相像的两个人，却因林黛玉那句“最不喜欢李义山的诗”，让人费解。这就好比朱熹对苏东坡的诗作颇具赞赏，同时对苏东坡本人的排斥大于赞同，这种感觉安放在林黛玉对李商隐的情绪上也是一样的。从林黛玉这个角色到作者曹雪芹本人，或许是“近乡情怯”才会导致如此，抑或是拿林黛玉对李商隐的印象，与林黛玉对薛宝钗的印象相比较，也如出一辙。

景无情不发，情无景不生。林黛玉单单喜欢李商隐那句“留得残荷听雨声”，残荷秋雨的清韵，在“留”和“听”的举动中，“残荷”的意境更像是在说人生的态度。这是一种高级 的审美，更是一种发乎于情的心境，如同潇湘馆一样，不是任何人都可以住的，没有雨打芭蕉的心境，恐日久之后便早也潇潇，晚也潇潇。林黛玉对于李商隐的不喜欢，是两位高人的欣赏与较量，欣赏在于共同的审美情趣，较量在于今人站在古人的高度上看问题，如同李商隐有“深知身在情长在，怅望江头江水声”，林黛玉也不缺“花魂鸟魂总难留，鸟自无言花自羞”。

他们都是诗人，他们的泪，一半给了诗作，一半给了人生。再看曹雪芹的“满纸荒唐言，一把辛酸泪”，便会明白《红楼梦》和李商隐的作品为什么让后人难以注释，于林黛玉，抑或是于曹雪芹和李商隐而言，关乎于情之所起，谁解其中味？

真情都来源于
失去

曹雪芹在第七十七回中，用回目“俏丫鬟抱屈夭风流”总结了晴雯最后的结局。被王夫人赶出去的晴雯，最后含冤而死，也应了贾宝玉在太虚幻境中看到的晴雯的判词：“风流灵巧招人怨，寿夭多因毁谤生，多情公子空牵念”。

晴雯之死，对贾宝玉的打击很大，贾宝玉之后的许多举动比起以往更加让人无法理解，在痛苦中逐渐清醒的他，渐渐领悟到第一回一僧一道的劝告“那红尘中有却有些乐事，但不能永远依恃；况又有‘美中不足，好事多魔’八个字紧相连属，瞬息间则又乐极悲生，人非物换，究竟是到头一梦，万境归空，倒不如不去的好”。此时的贾宝玉因为经历了这些事情，身心逐渐开始抽离了，他的抽离使他一步步地了悟。在这种极痛的状态下，贾宝玉写了一篇《芙蓉女儿诔》，以炽烈的情感来悼念晴雯的生前，成了《红楼梦》中人物创作的作品中最长的一篇。

在《红楼梦》中，我们不难发现，关于死亡的笔墨，曹雪芹描写得细致入微，葬礼场面更是轰轰烈烈。如秦可卿的葬礼，这个家族为了门面排场，给秦可卿的丈夫贾蓉买了一个五品龙禁尉的官，才能有这样风光的排场；贾母寿终，从荣府大门起至内宅门扇扇大开，一色净白纸糊了，孝棚高起，大门前的牌楼立时竖起，主上赏银一千两，谕礼部主祭，如此圣恩隆重，鸳鸯还苦苦跪求王熙凤体体面面地把贾母后事办好。晴雯虽不比主子，但也是整本书中一个重要的人物，对于贾宝玉红尘历劫而言，尤为重要。晴雯的死是一件大事，她的死也象征着贾宝玉的心死，晴雯事件之后，贾宝玉开始对这个世间逐渐厌恶。晴雯的死不是那么好写的，不同于秦可卿和贾母之死，这种死亡的场面，是写给活人看的，是一种形式。而晴雯的死，最后收尾的是一个小丫鬟的谎言，本身就极其荒谬，但更荒谬的是贾宝玉相信了晴雯去做芙蓉仙子的谎言。在这种谎言下，曹雪芹以一种神话的角度，给晴雯安排了一场轰动的葬礼，之所以轰动，来源于贾宝玉那篇情真意切的《芙蓉女儿诔》。

这样的大篇幅，写在了一个丫鬟身上，在别的作品中是少有的，然而在《红楼梦》这部作品中，处处可见那些大戏给了配角。不得不说在曹雪芹的笔下，有着众生平等的创作高度，也正是因为这样的胸怀，我看《红楼梦》，觉得并没有所谓的主角和配角。

谎言引起的神话“文疏”

晴雯死后，小丫鬟为了安抚贾宝玉，编了一段晴雯临终前的话：“你们还不知道。我不是死，如今天上少了一位花神，玉皇敕命我去司主。我如今在未正二刻到任司花，宝玉须待未正三刻才到家，只少得一刻的工夫，不能见面。”这些不经之谈，曹雪芹却笔笔相接，环环相扣，目的是引出下文晴雯死后到天上任职芙蓉花神，也由此牵出贾宝玉见池上的芙蓉，以一篇《芙蓉女儿诔》祭晴雯。

“诔”是指哀悼，多用于上对下，贾宝玉认为诔文最重要的是心之诚敬，诔文挽词要有己见，不能落于俗套，更不能搪塞他人之耳目，走形式化，字里行间要一字一咽，一句一啼。贾宝玉喜欢化用，他认为好的文章不是惑于功名为世人观阅称赞，他由着自己的情感和写作风格去写诔文，糅合了《大言》《招魂》《离骚》《九辩》《枯树》《问难》《秋水》《大人先生传》等内容，《芙蓉女儿诔》有《楚辞》的神话故事，融进了《离骚》的文风，极其符合晴雯受谗言含冤而死的结局。《离骚》本身的特点就是一个“怨”字，写诔文实则是贾宝玉在替晴雯打抱不平，但晴雯的死是母亲王夫人的所作所为，贾宝玉又不敢明着反抗，也只能在不为人知的情况下写，所以贾宝玉写得非常入心，完全没有礼制的束缚，以至于大肆妄言，竟写成一篇长文。

“维太平不易之元，蓉桂竞芳之月，无可奈何之日，怡红院浊玉，谨以群花之蕊、冰鲛之縠、沁芳之泉、枫露之茗，四者虽微，聊以达诚申信……”这篇诔文开头交代年号非常小心，用“太平不易之元”来写年号，意为永远太平，也在恭维这个皇帝永远都在；“元”是指纪年，以前的诔、祭、哀等，都以“维某年某月某日”作为开头。

《芙蓉女儿诔》开头故意淡化年号，我们应该从两方面考虑，第一是从文本考虑，《红楼梦》开篇讲到将真事隐去，朝代纪年，地舆邦国，失落无考；第二是从作者曹雪芹本身考虑，在创作的时候无年代年号可考，有种不问世事的感觉，这种多为自保，那时候的文字狱相当厉害，弄不好会被杀头。文本中便有一个类似的例子，在整个家族被抄的时候，贾宝玉也因之前写的闲散文章而被诬告，可见文字狱的危害有多大。

诔文开头模糊了年号，却把晴雯仙逝的月份是蓉桂竞芳之月交代得非常清楚，瞬间拉回了现实，然而交代哪一天走的，却是“无可奈何日”，又开始虚化了。这是一种非常悲凉的写法，贾宝玉在梦游太虚幻境的时候，看到一副对联“幽微灵秀地，无可奈何天”，神仙居住的地方都是“无可奈何”，更何况是一介凡夫。“无可奈何日”包含了贾宝玉对晴雯深深的不舍，对于这种离散的日子，贾宝玉最不愿意看到，或许在某一种情感中，晴雯逝去之日也是他最不愿意忆起的。

贾宝玉在这篇诔文中，以“浊玉”来形容自己，这是他一贯的思想，贾宝玉只要见到美好的人或事，在欣赏美的同时，他都会把自己的生命放得很低，认为自己是浑浊的，其实他的境界比谁都要高。贾宝玉很不喜欢没有情感的仪式化的东西，他认为这些都是形式，所以他强调“群花之蕊、冰鲛之縠、沁芳之泉、枫露之茗”这些都不重要，只要诚心实意即可，这是晴雯生前所喜欢的四样物品，灵前祭吊还不忘让小丫头置于芙蓉花前，从细微处可见他的情怀，他所具备的我们未必能具备。由此可见，贾宝玉为亡者晴雯写的诔文，就好比法事上表的文疏，是沟通仙与凡二者之间的桥梁。

巅峰的作品只有一个读者

如果说贾宝玉相信刘姥姥信口开河，给一个不存在的茗玉小姐塑像是荒诞，那么贾宝玉写一篇《芙蓉女儿诔》，便是把埋藏在他内心的真情实感，以诔文的方式向晴雯表达。世间所有的治学之道都不足以表达他的想法，通篇的神话典故却把他内心世界的荒芜一一展现，这是一种超现实主义的怪诞的艺术表现。

白帝宫中抚司秋艳芙蓉女儿之前曰：窃思女儿自临浊世，迄今凡十有六载。其先之乡籍姓氏，湮沦而莫能考者久矣。而玉得于衾枕栉沐之间，栖息宴游之夕，亲昵狎亵，相与共处者，仅五年八月有畸。

白、赤、青、玄分别指西、南、东、北四方，这四方有四帝分别主秋、夏、春、冬四季，晴雯仙逝于秋季，所以说明是“白帝宫”，白帝城在中国的西边，也就是今天的四川。李白写的诗句“朝辞白帝彩云间，千里江陵一日还”，指的就是这个地方。《芙蓉女儿诔》这篇诔文和整本《红楼梦》异曲同工，都是在神话和现实之间穿梭。诔文讲完神话故事中的白帝宫之后，开始追忆晴雯的生前，她在这个世上活了十六岁，是哪里人、姓什么都不知道，指明了晴雯“身为下贱”，打小是被卖来卖去。晴雯是宝玉的贴身侍奉丫鬟，贾宝玉用“衾枕栉沐”四字来形容晴雯和他的关系，以示不同常人。“衾枕”是指被褥和枕头，“栉”是指梳头发用的梳子、篦子之类。一般情况下，对于一个死者的诔文是不敢写得这么直接的，但这是贾宝玉偷偷摸摸地写给晴雯的，一点外在的障碍都没有，所以贾宝玉敢把他和晴雯的亲密无间写出来，并且对死者毫无亵渎之意。写诔文对于贾宝玉而言，是一种锥心的回忆，他用“亲昵狎亵”这般赤裸裸的文字来总结两人朝夕相处的关系，换成是在公开场合，他绝对要被父亲贾政一顿怒斥。

在《红楼梦》中，林黛玉的《葬花辞》和贾宝玉的《芙蓉女儿诔》都是在非常私密的空间下创作的。巅峰的作品永远只有一个读者，那便是彼此。现实生活中是彼此，作品中也是彼此。不管是《葬花辞》还是《芙蓉女儿诔》，都是属于对青春的一种追悼，是青春祭，是现实世界所不能理解的。如同《葬花辞》和《芙蓉女儿诔》一般，当我们可以书写青春的时候，我们还十分懵懂；当我们可以读懂青春的时候，可能青春已经不复存在。尽管那段时光是孤独迷茫的，但也是最真诚和最纯洁的，这种纯洁不需要向他们所在的世界展示，只需要一个能领悟的人读懂便足矣。

贾宝玉用“亲昵狎亵”来追忆晴雯，是从神话世界中拉回现实世界，回忆他和晴雯发生的事情，从当年晴雯衣着单薄地跑到寒夜下的院子，贾宝玉让她钻进自己的被窝取暖；再到晴雯被赶出去后，贾宝玉在晴雯临终前和她见最后一次面，最为关键的是，晴雯把自己的指甲交给了贾宝玉以示留念。这些相处的时光，贾宝玉记得非常清楚，并不像诔文开篇交代年号那样模糊，而是准确到仅五年八个月，这种“准确”是表达对晴雯离开的一种悲切思绪。

噫！女儿曩生之昔，其为质则金玉不足喻其贵，其为性则冰雪不足喻其洁，其为神则星日不足喻其精，其为貌则花月不足喻其色。姊妹悉慕媖娴，妪媪咸仰惠德。

贾宝玉用“金玉”“冰雪”“星日”“花月”来形容晴雯的气质、性情、神韵、容貌，他心中的晴雯比金玉还要珍贵，比冰雪还要干净，比星日还要有神采，比花月还要娇美。从诔文的格式来看对仗工整，以“贵”“洁”“精”“色”来押韵，并没有影响到贾宝玉在诔文中表达的真情实意。

脾气如爆炭一般的晴雯，贾宝玉用媖娴来形容她的性格，实为不妥，但从诔文来看，这是贾宝玉对她的一番溺爱，才有如此称赞。只有贾宝玉自己知道，当年病中的晴雯江湖救急，挨着肉体的疼痛为他补雀金裘。除了病歪歪的林黛玉会为贾宝玉绣物件，再也不会有第二个人像晴雯这样，愿意深夜为一个人默默付出，这种付出跨越性别的界限，就像青春时期的那些人们，如诗如歌一般绚烂而又纯净美好。

草木人间，人生一世

晴雯之死，死于人性的斗争，更死于王夫人草木皆兵的恐慌。如果站在仙缘和俗缘的角度来讲，晴雯的出现，只为度化红尘历劫的贾宝玉，当晴雯的使命完成之后便会魂归太虚，让贾宝玉一步一步地明白“断舍离”的重要性，从而在其中抽离。然而贾宝玉并不懂苦才是人生的常态，更不会以世法的角度去看家族的斗争，他在写诔文的时候，没有以抽离的视角去看待事情的本末究竟，所以这个时候的贾宝玉还没有了悟。

孰料鸠鸩恶其高，鹰鸷翻遭罦罬；薋葹妒其臭，茝兰竟被芟鉏！花原自怯，岂奈狂飚；柳本多愁，何禁骤雨。偶遭蛊虿之谗，遂抱膏肓之疚。故尔樱唇红褪，韵吐呻吟；杏脸香枯，色陈顑颔。诼谣謑诟，出自屏帏；荆棘蓬榛，蔓延户牖。岂招尤则替，实攘诟而终。既忳幽沉于不尽，复含罔屈于无穷。高标见嫉，闺帏恨比长沙；直烈遭危，巾帼惨于羽野。

《芙蓉女儿诔》是贾宝玉首次敢在文章中抨击生活的遭遇，这个小男孩鲜少会用这么犀利的语言来指责别人，面对晴雯的离开，贾宝玉虽然不敢直面母亲的一手遮天和这个家族的明争暗斗，但是在诔文中，贾宝玉有种怨入骨髓的感觉。贾宝玉认为晴雯个性清高，以至于身边的人都妒忌她。这些妒忌晴雯的人，贾宝玉比喻成“鸩鸩”，贾宝玉恨死了专门诬陷好人的媳妇婆子们。

鸩鸟的羽毛有毒，当年秦王就用鸩酒赐死吕不韦，贾宝玉用这种至毒之物形容这些人还不够，还要把他们比拟为“罦罬”，这是一种带有机关可以捕捉到鸟的网，可见这个家族盘根错节的关系是多么令贾宝玉痛心疾首。贾宝玉把晴雯比喻为“茝兰”，那些人比作“薋葹”，这种杂草具有极强的生长力和杀伤力，因此也把“薋葹”比作小人，把“茝兰”比作君子。坏鸟四处作恶，老鹰却进罗网，臭草妒忌别的植物的芬芳，白芷与兰草又无辜被人剪掉。诔文的格式，贾宝玉对仗得很工整，他用鸩对鹰，薋葹对茝兰，来形容好的事物不堪一击，也以此来反映晴雯所处的环境。

“花原自怯，岂奈狂飚；柳本多愁，何禁骤雨”，娇花怎奈狂风，弱柳怎禁暴雨？晴雯表面上是病死的，很大一部分原因也是被气死的，如同娇花和弱柳面对恶劣的天气一样。王夫人听信了这些人的谗言，这谗言的可怕之处如同蛊与虿两种毒虫，荼毒着晴雯，使她一病不起。晴雯病中呻吟，唇色黯淡，脸面憔悴无香，贾宝玉以“花”和“柳”来形容晴雯本人，以“狂飚”和“骤雨”来形容晴雯的遭遇，又是对仗工整的两句。说到现实处，贾宝玉从动物说到植物，再从植物写到天气，层层递进，将晴雯在这个家族的遭遇刻画得入木三分。

贾宝玉非常清醒，之所以屋内出了这么大的事情，肯定是内部人告的密，尽管大家都没有说是谁，但是心里都明白袭人是罪魁祸首。“诼谣謑诟”这四个字用得很厉害，谣言诽谤均是从屋内传出去的，想想都会令人后怕。与此同时，那些腐叶杂草已经开始蔓延到室内，此时的怡红院早已是危机四伏，心无城府的贾宝玉直到身边的人出了事，才醒悟过来这些带刺的有杀伤力的植物已爬满了自己居住的地方，以至于令晴雯受辱而亡。

晴雯心怀愤恨，身负冤屈，她因“风流灵巧招人怨”导致自己最后“寿夭多因诽谤生”。贾宝玉用“高标见嫉，闺帏恨比长沙”的典故把晴雯比作被贬的贾谊，又以“直烈遭危，巾帼惨于羽野”将晴雯比作直言惨死的鲧。贾谊被人妒忌而遭贬屈死；鲧偷了息壤止住洪水，被火神祝融杀于羽山，从这里开始，贾宝玉的诔文又从现实写到了神话。以典故反映晴雯现实被害的事故，极其准确，也令人惋惜。晴雯的风流灵巧遭人妒忌，成为王夫人眼中妖精似的人物，她于寒夜拖着病中的身子为贾宝玉补雀金裘，这种奋不顾身像极了鲧偷息壤止水，贾宝玉用神话的典故肯定了晴雯在他心目中神圣的地位。

神话是现实的一点幻想和念想

神话之所以美，是因为看似谎话的背后影射的是人生的真理，可太多人将神话错用和错付，变质成了不经之谈。读《芙蓉女儿诔》，能从神话故事中看到现实人生的缩影，更能从历久弥新的体悟中明了人生的“成住坏空”。

自蓄辛酸，谁怜夭折！仙云既散，芳趾难寻。洲迷聚窟，何来却死之香？海失灵槎，不获回生之药。眉黛烟青，昨犹我画；指环玉冷，今倩谁温？鼎炉之剩药犹存，襟泪之馀痕尚渍。

此生一路辛酸，却无人怜其早夭，这是贾宝玉对晴雯的叹息。“仙云既散，芳趾难寻”这句刚好与晴雯的判词“霁月难逢，彩云易散”相辅相成，从太虚幻境过渡到现实生活中，以梦说人生的预示，极具内涵。贾宝玉在太虚幻境中梦见的一切，都是现实的预见。贾宝玉在梦中看到晴雯的判词，时隔几年晴雯被谗言所害，到贾宝玉亲笔写下《芙蓉女儿诔》，提到“仙云既散，芳趾难寻”，则表明了梦的预示。

从晴雯的现实，回归到了梦境的预示，再到神话故事，诔文的信息量极大，贾宝玉写到晴雯“芳趾难寻”之后，又开始化用神话故事了。“洲迷聚窟”中的聚窟洲是中国神话中的一个仙洲，在这个洲上，生长着一种反生香，有起死回生之效。据《十洲记》记载：“聚窟洲，海中申未地，上有大树，与枫木相似，而花叶香闻数百里，名为反魂树，於玉釜中煮取汁，如黑饴，名之为反生香，香气闻数百里，死尸在地，闻气乃活。”

在诔文中即便是这世上有反生香，可寻仙山迷路，怎么能找到反生香呢？古代帝王中，不乏那些派人到海上寻找长生不死之药的荒谬传闻，其中最为出名的便是秦始皇和汉武帝。即便世上有不死仙药，奈何那可以通天河的灵船也消失了，探海无船，怎么可以拿回仙药呢？如果我们不知道这些典故和神话传说，就很难读懂贾宝玉这句“洲迷聚窟，何来却死之香？海失灵槎，不获回生之药”在讲什么。然而在这些神话的背后，无不透露着贾宝玉恨天不成全的哀叹，他把对家长的恨一步一步地通过神话故事过渡到天意的无奈，可见他已经是达到了极度的悲伤。贾宝玉的这种悲伤裹在内心世界中，他把这种苦一点一滴地在觉悟中消耗，最后走向了出家之路。王夫人也不会想到，自己的举动会让儿子渐渐厌世出尘。

希求借助神力挽回晴雯，却天不如人愿，这段诔文的，字字句句读来令人痛心。贾宝玉的这种心情影响了他许久，直到高鹗续的第八十九回中，贾宝玉去念书，茗烟给贾宝玉拿来衣服，打开一看，是晴雯生前给贾宝玉补的雀金裘，当时贾宝玉就傻掉了，他无精打采地回到房内后，高鹗特别强调是“和衣躺在炕上”，这种睹物思人的情绪，在爱别离的渲染下，高鹗续得非常有力度。衣服穿在身上，贾宝玉遥想当年的晴雯和自己是“衾枕栉沐之间，栖息宴游之夕，亲昵狎亵”，诔文中的思念和现实生活中的记忆相碰撞，这种苦岂是神仙可以度化？

从神话的典故中再回到现实，想想晴雯的音容宛如眼前。贾宝玉记忆中的晴雯，眉上黛色犹如青烟缥缈，像是昨天给晴雯画的一样，而今她手上的指环已经是如玉一样冰冷，又有谁能把她给捂暖和呢？倘若这句“眉黛烟青，昨犹我画；指环玉冷，今倩谁温？”被王夫人看到，越发认为是晴雯带坏了贾宝玉，但是又有谁能理解，这是贾宝玉和晴雯之间最珍贵的纯真记忆。晴雯临终前，贾宝玉偷偷去看她，拉晴雯的手时发现她的手已经是骨瘦如柴，晴雯活着的时候，最爱惜自己的两个指甲，这一病，指甲都损坏了很多。贾宝玉看到这一幕，心中极其悲伤，由此可以想到“指环玉冷，今倩谁温”八字，这八字包含了贾宝玉对晴雯的怜悯和疼惜。

晴雯已经离去，炉子上还有残留下的药渣，衣服上的泪痕还没有干，这是贾宝玉亲眼所见。对比这些现实的写照，加上诔文中前几段神话故事的铺垫，生老病死、爱别离、怨憎会、求不得等，在《芙蓉女儿诔》中一一让读者尝遍。

镜分鸾别，愁开麝月之奁；梳化龙飞，哀折檀云之齿。委金钿于草莽，拾翠匐于尘埃。楼空鳷鹊，徒悬七夕之针；带断鸳鸯，谁续五丝之缕？

晴雯是贾宝玉的贴身丫鬟，给贾宝玉梳头是常见的事情，如今斯人已逝，镜子里却映照着冷清清的月光，那个人不在了，梳子也化成龙飞走了，空留檀云的梳齿让人伤感不已。从镜子说到梳子，从鸾别再讲到龙飞，一个是现实的参照物，一个是神话的典故，一实一虚的对照，刻画着阴阳两隔的状态。

带有镶嵌工艺的装饰被遗弃在草丛中，翡翠发饰的盒子落在尘土里也被人拾走。那些美好的东西都无法留住，这是贾宝玉在借物感叹，由此嫁接到神话故事里，再发出一问。

“鳷鹊”是一种鸟名，也有说是喜鹊，七月七日，相传所有的喜鹊为了让牛郎和织女见面，都飞到天河边为他们搭起了鹊桥。古代女子多擅女红，在这一天，女子的闺房都会悬挂一根针来祈祷和祝福。织女在天上是神仙界的女红高手，现实中晴雯也是女红高手，雀金裘这么复杂的工艺，晴雯都能用一夜的时间补好，并且让贾宝玉蒙混过关，可见这件事情对贾宝玉的影响有多大。诔文中“楼空鳷鹊，徒悬七夕之针”，这曾经一针一线的感动，却因为人去楼空而在这里空悬着，想到这个画面，贾宝玉紧接着追问“带断鸳鸯，谁续五丝之缕”。鸳鸯是两情缱绻之鸟，贾宝玉把他和晴雯已经比喻成了此鸟，而今天人永隔，如同这绣了鸳鸯的腰带断了一般，又有谁能再去补上呢？不仅仅是晴雯本人，就连晴雯为贾宝玉绣的东西，在贾宝玉心中都是无可替代的。

读懂了神话，不过是明白了现实生活中仅留下的一点幻想和念想，这是多么令人心酸。《芙蓉女儿诔》这篇诔文，让我感慨一点：之所以神话唯美，是因为现实的期许是多么遥不可及，神话可以让一个人逐渐接受平凡。

贾宝玉的愤怒和反抗

写景即是写心，写物即是写人，如黛玉葬花，感叹“他年葬侬知是谁”，在《芙蓉女儿诔》中也是如此，诔文所写的一草一木，一春一秋都是贾宝玉对晴雯无限的思念。人非草木，孰能无情?又道是草木有情，万物皆有灵性，在这段诔文的字里行间，处处可见贾宝玉情之所起一往情深的无奈，不管是愤怒也好，还是流露在文字中的反抗也罢，《芙蓉女儿诔》的创作，对于贾宝玉而言是一个转折点，他对过去有了一个新的认知，对未来也有了一个潜移默化的转变。

况乃金天属节，白帝司时，孤衾有梦，空室无人。桐阶月暗，芳魂与倩影同销；蓉帐香残，娇喘共细言皆绝。连天衰草，岂独蒹葭；匝地悲声，无非蟋蟀。露苔晚砌，穿帘不度寒砧；雨荔秋垣，隔院希闻怨笛。芳名未泯，檐前鹦鹉犹呼；艳质将亡，槛外海棠预老。捉迷屏后，莲瓣无声；斗草庭前，兰芽枉待。抛残绣线，银笺彩缕谁裁？折断冰丝，金斗御香未熨。

晴雯仙逝在秋季，诔文中也强调了这个季节。“金天”是指西方之天，白帝宫就在西方，如《思玄赋》里所交代的“顾金天而叹息兮，吾欲往乎西嬉”，一方面有典有据地交代了方位，另一方面也交代了季节，“金天”也指秋天，在五行之说上，秋属金，唐代喜欢把秋天说成金天。

诔文中，贾宝玉通过“孤衾”，回忆起自己的被褥曾经在寒冬中给晴雯取暖，而今被褥里只有自己一个人在做梦，空荡的屋子里再无人作陪；通过“桐阶”描写出梧桐的影子打在台阶上，在暗淡的月光下，晴雯的倩影和灵魂都已经不在了；通过“蓉帐”表达出无法存留纱帐上晴雯香气的无奈，为柔言细语的一去不返而伤感。诔文用“孤衾”“桐阶”“蓉帐”三种事物，在语句架构上非常工整地把触觉、视觉、嗅觉层层描写，晴雯的离开、美好的消散全在“皆绝”二字上说尽。这种骈体文讲究的是声律的铿锵，读时铿锵之中字字可悲可叹。

“孤衾有梦”多半是夫妻之间的凭吊，但晴雯和贾宝玉之间并无夫妻之实，诔文中用这四个字来追悼晴雯，是由于《芙蓉女儿诔》是贾宝玉偷偷摸摸地写给晴雯的，王夫人和贾政并不知道此事，正是因为如此，贾宝玉才敢这般肆无忌惮地把自己内心的想法流露在诔文中。不仅仅是“孤衾有梦”，还有“眉黛烟青”“带断鸳鸯”之词，说明晴雯在贾宝玉心中的地位远远不止丫鬟这个层面这么简单。如果看二人在大众之间的关系，诔文的确有很多不符规矩的地方，《芙蓉女儿诔》之所以感人，是因为贾宝玉放开了所有的束缚，将平日里不敢说出来的话，全都在诔文中一一表达，并且表达得畅快淋漓。

诔文和现实相互映照，院内和屋内的此情此景让人秋心两半。放眼看外面的秋景，蒹葭枯草一片荒芜，一眼望去无边无际，草丛中蟋蟀发出悲切的鸣叫声，长满青苔的台阶上布满了秋露，外面不再有捣衣砧的声音传来，秋雨敲打着墙壁，也听不到隔壁幽怨的笛声。“衰草”引出“蒹葭”，“悲声”引出“蟋蟀”，“露苔”引出“寒砧”，“秋垣”引出“隔院”，这种情景的调动，由内而外令人感到一阵阵的悲、寂、寥。

所闻、所见、所感无不让贾宝玉在爱别离中放不下，而晴雯的名字，却在屋檐下的鹦鹉口中声声叫唤。林黛玉曾养了一只鹦鹉，这只鹦鹉在林黛玉死后，还念道“花落人亡两不知”，鹦鹉尚且念旧，一个人的离开，却要问“谁怜夭折”，这是一个非常讽刺的对比。倘若身边的某个人离开，忽然一个不知人事的小孩呼喊着他的名字，这种感觉，会非常令人揪心。

贾宝玉看到海棠枯萎了，就预知了晴雯的离开。“芳名未泯”和“艳质将亡”非常矛盾地冲击着贾宝玉的内心，鹦鹉和海棠看似无关的生命，在贾宝玉这里都能感应到生命的息息相关，正是因为如此，贾宝玉才能将神话传说里的情节和自己的所见所闻完美结合，从而触景生情。贾宝玉看到了屏风，想到如今已经没有晴雯在屏风后躲藏嬉戏的脚步声；看到了庭院前的斗草，想起了香草没有人帮忙去采摘；看到了痕印折断了衣绢，问了一句有谁烧香炭熨烫呢？仿佛一个人离开，所有的事物都随之离开了一样。这是一种心死如灰的悲凉心境。

昨承严命，既趋车而远涉芳园；今犯慈威，复拄杖而遽抛孤柩。及闻槥棺被燹，惭违共穴之盟；石椁成灾，愧迨同灰之诮。

晴雯临终前，贾宝玉偷偷去看她，当时病入膏肓的晴雯已然是不行了，贾宝玉这一别竟然成了永别。晴雯的后事也是草草了事，碍于规矩，贾宝玉又不敢明目张胆地为晴雯最后送行，迫于这种无奈，贾宝玉在诔文中向晴雯道歉，说明自己昨天奉了父亲的命令被差到别处出远门，不能与她告别；今天又违逆母亲的严管，拄着杖吊唁，才知道她的灵柩被人抬走。这种事与愿违、阴差阳错的事情，贾宝玉追悔莫及。看到晴雯的棺材被烧了，贾宝玉开始深深地忏悔，觉得自己对不起与晴雯生前许下的死同墓穴的誓盟。贾宝玉之前喜欢开这样的玩笑，因为蕙香曾经说过她同宝玉同月同日生，以后就是夫妻，这句话成了她被王夫人赶走的理由，可想而知，如果这篇诔文被王夫人看到，后果将是如何？贾宝玉在这篇诔文中说出了“共穴”和“同灰”的回忆，是贾宝玉在“严命”和“慈威”之下，首次对父母之命的反抗，晴雯之死，促成了贾宝玉对于苟活于世的厌恶。

尔乃西风古寺，淹滞青燐；落日荒丘，零星白骨。楸榆飒飒，蓬艾萧萧。隔雾圹以啼猿，绕烟塍而泣鬼。自为红绡帐里，公子情深；始信黄土垄中，女儿命薄！汝南泪血，斑斑洒向西风；梓泽余衷，默默诉凭冷月。

贾宝玉的《芙蓉女儿诔》是在园中给晴雯悼念的，忽然空间跨越到古寺和荒丘，有点让人感觉衔接不上。在诔文中，时间和空间的跨越非常大，曹雪芹以一种铺垫的方式，移步换景，由景抒情。“尔乃”是发语词，“青燐”是指鬼火，死人骨头变成的磷火，“古寺”引出“青燐”，道出了晴雯被赶出来的不甘和不舍。由“荒丘”引出“白骨”，以落日荒坟上散乱着白骨的画面，指出了晴雯的凄惨。园内的景象，和诔文中古寺荒丘的园外景象形成了鲜明的对比。楸榆和蓬艾摇摆作响，虽然有大雾，还是能听到哀猿啼叫，鬼魂也绕着大雾蒙蒙的田塍啼哭，雾中啼猿，烟中泣鬼，一幅凄凄惨惨的画面。贾宝玉想到晴雯如此凄惨的下场，忽然醒悟过来，原来以为红绡帐里的公子情深义厚，现在相信了黄土堆中的姑娘遭遇，命运确实悲惨。

贾宝玉此生红尘历劫，当年茫茫大士和渺渺真人将其携入红尘，历尽离合悲欢与炎凉世态，就是为了让他了悟。晴雯的离去，瞬间让贾宝玉的心智成长了许多，在家族的人情炎凉和悲欢离合之中，他也深刻领悟到生命的脆弱和无常，之前的种种不过是乐极生悲，而今人非物换的遭遇，究竟是到头一梦。

贾宝玉喜欢用典，第一次见林黛玉的时候，就给林黛玉杜撰个“颦儿”的雅称。在《芙蓉女儿诔》中，不仅化用神话故事映射到晴雯身上，还化用了汝南王和刘碧玉的典故，他把自己当成汝南王，把晴雯当成他的爱妾，对于晴雯的离开，自己把斑斑血泪随着西风洒去。引完汝南王的典故之后，又开始引石崇的典故，“梓泽”指的是石崇，西晋时期的官二代、富一代，他宠爱的歌姬绿珠不畏强权而跳楼自杀，这般深情以至于石崇一腔哀情只能对月倾诉。汝南王和石崇，刘碧玉和绿珠，工整的对仗，两则典故都有相同之处，把贾宝玉和晴雯比喻得极为贴切。

呜呼！固鬼蜮之为灾，岂神灵而亦妒。钳诐奴之口，讨岂从宽；剖悍妇之心，忿犹未释！在君之尘缘虽浅，然玉之鄙意岂终。因蓄惓惓之思，不禁谆谆之问。始知上帝垂旌，花宫待诏，生侪兰蕙，死辖芙蓉。听小婢之言，似涉无稽；以浊玉之思，则深为有据。

《芙蓉女儿诔》不仅仅是贾宝玉在表达情绪上的愤怒，细细看诔文会发现，这是贾宝玉一次彻彻底底地在道德上、思想上、信仰上的集中的愤怒。贾宝玉认为晴雯之死是那些专门害人的小人所为，根本不是老天的安排，贾宝玉把这些搬弄是非的人比喻成“鬼蜮”，对比之前把这些人比喻成“鸠鸩”“罦罬”“蛊虿”更为严重，写到“固鬼蜮之为灾，岂神灵而亦妒”的时候，我们可以看出贾宝玉压制的情绪到这里彻底地爆发，他一鼓作气地通过诔文将自己内心的怨恨全都宣泄出来。

贾宝玉鲜少用恶语伤人，不管受了多大的委屈，都是第一时间站在别人的角度考虑，也不曾因为丝毫得失影响到他的善良。但是在《芙蓉女儿诔》中，贾宝玉一改常态，他认为要钳住长舌妇的嘴，即便是求饶也不能放过，剖出那些悍妇的黑心，也难以消除心中的怨恨。“钳”和“剖”在“岂”和“犹”二字的情绪调动下，将昔日菩萨心肠的贾宝玉通过诔文显现出金刚怒目的面相。“钳诐奴之口，讨岂从宽；剖悍妇之心，忿犹未释”，这句诔文很大一部分也在讲王夫人，如果不是王夫人一手遮天，强行压制，这些人也不至于命丧他方。那些小人借刀，便是王夫人杀人，谁也在劫难逃。

虽缘浅，意却深，从人为再转向天意，贾宝玉以神话的角度切入自己的痴情问苍天，才知道是上帝垂怜，封了晴雯为花神。贾宝玉认为晴雯生具兰蕙之性，死作芙蓉主人，虽然小丫头的话听起来滑稽，但经过深思熟虑，她的话也是有理有据。

贾宝玉前世是神瑛侍者，本身对草木有着不一样的情怀，林黛玉前世是绛珠仙子，晴雯死后又作芙蓉仙子，不仅仅是在诔文中，整部《红楼梦》的故事都是穿梭在神话和现实之中，并且以三世因果的关系过渡得非常自然。

何也？昔叶法善摄魂以撰碑，李长吉被诏而为记，事虽殊，其理则一也。故相物以配才，苟非其人，恶乃滥乎？始信上帝委托权衡，可谓至洽至协，庶不负其所秉赋也。因希其不昧之灵，或陟降于兹；特不揣鄙俗之词，有污慧听。

站在曹雪芹文本的角度来看，晴雯死后做芙蓉仙子不足为奇，本身《红楼梦》中的人物大多是下凡陪同贾宝玉历劫的，抛开文本，仅仅从诔文中来看，贾宝玉也根据典故有所解释和说明。“昔叶法善摄魂以撰碑”是一则传说，唐开元年间，道士叶法善想为自己死去的祖父立碑，当时李邕的字是最厉害的，叶法善就在梦中摄走李邕的魂魄，让他写碑文；而“李长吉被诏而为记”，讲的是唐代诗人李贺，年轻的时候就死了，据说是李贺即将要死的时候，看到一个手持诏书的人从天而降，告诉他天帝建了一座白玉楼，要召请他上天去写文记，不久之后，李贺就死掉了。

贾宝玉认为这两则典故虽然内容不同，但是道理却是相通的。什么样的人配什么样的位，并不是胡乱安排的，同时他也认为天帝安排晴雯去做芙蓉仙子，是有道理的，以晴雯的品行和品性，定不负天帝所托。想到天意的巧妙安排，贾宝玉便奢求晴雯的不灭灵魂，能降临到这里。诔文中字字句句中带着不舍和心酸。人力无法触及，便希求通过神力来解决，这不仅仅是贾宝玉的心思，有史以来，也是众生在冥冥之中的遐想。

说太虚情，结红楼梦

《红楼梦》从女娲补天的上古神话说起，引到了青埂峰的仙境，再到太虚幻境，以这样的开篇，搭建出本书的神话故事框架，引申到红尘的俗境，不同境遇，有着不同的使命，但是有一个共同的地方——自始至终《红楼梦》的情境是保持不变的。这种情境也被贾宝玉带入了《芙蓉女儿诔》中，使之高度发酵在招魂的诗歌中，在仙境的意境中，充满着情境的无奈和感动。贾宝玉给自己创建了一个乌托邦，也给晴雯设定了一个神话净土的世界。

贾宝玉希求神话来完成他心中的遗憾，也不怕落俗出丑，写了一首召唤晴雯仙魂的诗歌。

乃歌而招之曰：

天何如是之苍苍兮，乘玉虬以游乎穹窿耶？
地何如是之茫茫兮，驾瑶象以降乎泉壤耶？
望缴盖之陆离兮，抑箕尾之光耶？
列羽葆而为前导兮，卫危虚于旁耶？
驱丰隆以为比从兮，望舒月以离耶？

听车轨而伊轧兮，御鸾鹥以征耶？
闻馥郁而薆然兮，纫蘅杜以为纕耶？
炫裙裾之烁烁兮，镂明月以为珰耶？

意思是："天苍苍，是你乘着玉龙在天上遨游吗？地茫茫，是你驾着美玉和象牙的车莅临九泉之下吗？看那车上的宝伞多么绚烂，是你乘的车所带的光芒吗？带着用羽毛装饰的车队为你开路，是危星和卫星在两旁为你护法吗？云神成了你的侍从，望着给月亮赶车的神护送你离开吗？听到车轴的声音，是你在驾着鸾鹥出游吗？闻到芬芳扑鼻的香气，是你用香草串成的佩带吗？你的衣裙是多么夺目，是你把明月当成了耳坠吗？"

贾宝玉这个小男孩开始天马行空地想象着晴雯在神话世界的形象，招魂的歌词中充满着《楚辞》的文风。"乘玉虬""驾瑶象""御鸾鹥"，晴雯生前不自由，但是在贾宝玉的诔文中，却可以做到"乘玉虬以游乎"，在贾宝玉的幻想中，晴雯终究去了一个可以让她绽放美丽的地方。晴雯在贾宝玉心中是至高无上的。

诔文中有贾宝玉的忏悔，招魂的歌中有贾宝玉最真诚的祈祷。不管是从神话的角度，还是以宗教的角度去看《芙蓉女儿诔》，祈祷终究是美好的，并且是没有束缚的。对于晴雯在天界的刻画，灵魂和仙境所带来的视觉美感，完美地结合了神话和宗教的元素，诠释了《红楼梦》开篇发人深省的提问"开辟鸿蒙，谁为情种"。

同时回归到晴雯，乃至所有女子在俗境的现实中，不禁也看到了另外的一面“厚地高天，堪叹古今情不尽；痴男怨女，可怜风月债难偿”，晴雯之死，开拓了贾宝玉同时具备深思“谁为情种”的智慧和“堪叹古今情不尽”的慈悲。自此以后，这个小孩子的做派一改往常，在常人眼中，他变得听话了，但是只有贾宝玉自已明白说“太虚情”的前提，必须要结“红楼梦”。他是在一步步地抽离。

招魂的歌可以分为两部分，上部分是写贾宝玉在神话中幻想，是对晴雯的祈祷和至高无上的瞻仰，下部分为贾宝玉对晴雯深情的召唤。

籍葳蕤而成坛畤兮，檠莲焰以烛兰膏耶？
文瓟瓟以为觯斝兮，漉醽醁以浮桂醑耶？
瞻云气而凝盼兮，仿佛有所觇耶？
俯窈窕而属耳兮，恍惚有所闻耶？
期汗漫而无夭阏兮，忍捐弃余于尘埃耶？
倩风廉之为余驱车兮，冀联辔而携归耶？
余中心为之慨然兮，徒嗷嗷而何为耶？
君偃然而长寝兮，岂天运之变于斯耶？
既窀穸且安稳兮，反其真而复奚化耶？
余犹桎梏而悬附兮，灵格余以嗟来耶！
来兮止兮，君其来耶？

意为："借繁盛的枝叶作为祭坛，是你点燃了灯火的香油吗？刻有华文的葫芦作为酒器，是你在饮用吗？抬头对着天上的白云凝视，仿佛我看到了什么，俯首看向远方侧耳聆听，我仿佛听到了什么，你和天神邀约的地方是不是很遥远，为什么能够忍心把我抛在这尘世之中？请风神为我赶车，你能否带上我一同出游呢？我也为此感激，白白地哀叹有什么用呢？你静静地长睡于此不曾醒来，难道这就是天运的变幻吗？既然你如此安稳躺在墓穴之中，为何又要羽化成仙呢，我至今深受桎梏，行尸走肉般活在这个世上，你的仙魂能否感应到我，而来找我呢？你来了，就别走了，长久住在我这里吧！"

贾宝玉的召唤，是以"籍葳蕤而成坛畤兮，檠莲焰以烛兰膏耶"的句式展开的，下半部分的招魂歌具有《庄子·逍遥游》的风格，这种绝对自由的人生观，对于贾宝玉而言，也只能出现在诔文中，无所依凭而游于无穷的逍遥，也是贾宝玉所向往的。他把这种向往托付给了晴雯，这个托付的过程，也可以理解为是深情的召唤。诔文中的招魂歌在极具《庄子·逍遥游》浪漫主义精神的同时，也充满着被现实桎梏的悲伤和哀号。

《芙蓉女儿诔》高度化用神话典故，将神话的意境和贾宝玉对神话的审美展现到现实和想象中，并且转换自如。通篇哀婉凄楚的诔文，唯独在招魂歌的部分，却表现出庄子的浪漫和极其自由的空间，就好比这个封建的家族和这个家族中的大观园一样，仿佛是在不毛之地长出了一块鸟语花香的地方，别人留恋的是家族的关系和经济仕途，而贾宝玉留恋的是大观园的美好，这种情境的混合、碰撞、纠缠，尤其符合那句“演出这怀金悼玉的《红楼梦》”。

《庄子》之风和《离骚》之体的精诚

《芙蓉女儿诔》和《葬花辞》的读者只有林黛玉和贾宝玉，对于仙境和情境，对于人生的觉悟，二人一致保持着异于常人的前卫。《庄子》云“夏虫不可以语于冰”，和一只在夏天就要死去的虫子谈论冬天的冰雪，虫子是永远都不会明白的。若换成《葬花辞》和《芙蓉女儿诔》给第三者看，便被《庄子》一语中的，因为境遇不同，思想的层次也不同。“宝玉”的灵性正在因尘俗的拂去，一步一步再现光芒。此诔文是重要的一个转折点。

若夫鸿蒙而居，寂静以处，虽临于兹，余亦莫睹。搴烟萝而为步幛，列枪蒲而森行伍。警柳眼之贪眠，释莲心之味苦。素女约于桂岩，宓妃迎于兰渚。弄玉吹笙，寒簧击敔。征嵩岳之妃，启骊山之姥。龟呈洛浦之灵，兽作咸池之舞。潜赤水兮龙吟，集珠林兮凤翥。

意为：“你居住在鸿蒙寂静之地，即便是你来了，我也无法看到你的踪影。我取烟萝作为屏障，把菖蒲列成仪仗队，警醒柳眼不能贪睡，叫莲心不要再苦味难当。素女邀你在长满桂树的山岩，宓妃在兰花遍地的地方迎接你。”

诔文越读到后面，越发能感到庄子之风，庄子说“不精不诚，不能动人”，在《芙蓉女儿诔》中，句句都能看出精诚所至。为了迎接晴雯仙魂归来，贾宝玉在诔文中写出了很详细的礼法，虽然现实生活中贾宝玉非常不屑这些形式上的东西，但是在诔文中不难发现，诔文在具备《庄子》之风、《离骚》之体的同时，还颇具魏晋风度，字字句句中，都透露出对礼法的至高尊崇。贾宝玉在别人眼中看似放浪形骸，实则是遵循和追求真心、真性、真情、真美，也正是如此情怀，诔文高度浓缩了这些真实，可能在现实生活中，常人未必能接受。

“搴烟萝”“列枪蒲”“警柳眼”“释莲心”这些草木的仪仗队比起秦可卿和贾母死后的丧葬规模，更加让人看到真情和动情。他人之死的场面震撼的是眼睛，晴雯之死，在这篇诔文中震撼的是人心。草木有情，万物有灵，在这篇诔文中，看到了人间至情。

“弄玉吹笙，寒簧击敔”讲的是两则神话典故。据明代《广博物志》中记载，春秋时期，秦穆公的女儿弄玉善于吹笙，并且能招来凤凰，最后嫁给了善于吹箫的萧史，后来二人双双成仙飞去；寒箫曾是西王母的散花女史，后来又到月宫做侍书，并且跟着嫦娥学习歌舞。死后的晴雯成了芙蓉仙子，贾宝玉也想随之而去，但是他没有弄玉和萧史双双成仙的运气。此处的化用，可以看成是神话，也可以看成是贾宝玉的心声，这种急切渴求自由的化用，在庄子思想中完全忘我了。贾宝玉的诔文所诠释的情怀，有点像魏晋人物的风度，他们表面上藐视礼法的存在，其实是最遵循礼法的，最为典型的代表是竹林七贤。因司马氏戴着礼法的帽子做不义之事，导致竹林七贤故意放浪形骸，在诔文中看到，贾宝玉写足了迎请晴雯的礼仪，郑重到召请嵩岳灵妃，启奏骊山老母。这种文风的洒脱，是生活中的贾宝玉完全不可能存在的一种状态。

“龟呈洛浦之灵，兽作咸池之舞”是一段传说，相传夏禹治水时，洛水里有一只神龟背着文书呈给他。汉代孔安传有言：“天与禹，洛出书，神龟负文出，列于背，有数至九。”其意思是说神龟从洛水背着治理天下九类大法的书卷献给治水的夏禹。“咸池”是指乐名，同时也叫《大咸》，是给黄帝所用。诔文中，贾宝玉想象晴雯归来的情景是灵龟上演当年为夏禹背书出水的画面，百兽如同听到了《咸池》的曲子而跳舞，不仅有这两则神话典故的化用，还有龙潜伏于赤水中吟唱，凤栖息在珠林里飞翔。诔文的信息量很大，引用的神话故事也出自不同的典故。

“集珠林兮凤翥”一句的“珠林”，出自《山海经·海外南经》“三株（亦做‘珠’）树在厌火北，生赤水上，其为树如柏，叶皆为珠”。《山海经》中记载的是上古时期的故事，女性地位尤为重要，《红楼梦》

开篇就引出了女娲补天的典故，青埂峰上那个顽石也是女娲补天的产物，从顽石幻化成人的贾宝玉更是女性的维权者，他的荒诞行为在父亲贾政和其他人眼中，就是痴、呆、傻的表现。而贾宝玉思想的高度也向大家说明了“不悔自己无见识，却将丑语诋他人”，在诔文中，贾宝玉高度肯定了晴雯的地位，也将晴雯的仙魂与上古时期的《山海经》中的女性相媲美。

“爰格爰诚，匪簠匪筥。发轫乎霞城，返旌乎玄圃。既显微而若通，复氤氲而倏阻。离合兮烟云，空蒙兮雾雨。”贾宝玉认为只要自己恭敬虔诚便能感动神灵，也不必用祭器把仪式弄得那么大，所以在诔文中强调“爰格爰诚”。到了诔文的最后部分，贾宝玉开始诉苦了，他认为晴雯从元始天尊的霞城乘车动身，又回到了昆仑仙山的玄圃仙境，路径如此分明，又被山遮雾阻。晴雯离开后，贾宝玉明白了人生的如梦似幻，生死炽然和苦恼无量，领悟到“离合兮烟云，空蒙兮雾雨”的无常变幻，他把人生离合比喻成浮云轻烟聚散不定，神灵缥缈却似烟雾细雨难以让人看清，这对于执着地喜聚不喜散的他而言，能有此感慨，是一件转变极大的事情。

“尘霾敛兮星高，溪山丽兮月午。何心意之忡忡，若寤寐之栩栩。余乃欷歔怅望，泣涕傍徨。”意思是：“阴霾已经消散，天空中众星高悬，溪光山色，月到中天如此美丽，为什么我依旧如此心烦不安呢？这一切犹如梦中景象出现在眼前，因此我慨然叹息，茫然四望，流泪哭泣，彷徨不知所措。”从“尘霾敛”“溪山丽”的自然景象到“心意之忡忡”“寤寐之栩栩”的内心辗转反侧，这种越是美好，越是伤感的反差，贾宝玉在诔文中表达的真情切意，不是其他表面文章可以相比拟的。

“鸟惊散而飞，鱼唼喋以响。志哀兮是祷，成礼兮期祥。呜呼哀哉！尚飨！”在诔文的结尾处，贾宝玉从神话传说中回到了现实，他感叹人们已进入梦乡，竹林奏起了天然的乐章，听见那受惊的林鸟四处飞散，听见水面上的鱼儿喋喋作响。贾宝玉写下了心中的悲哀作为祈祷，并且举行这祭奠的仪式，期望逝者吉祥。在悲痛中，请来仙魂将这香茗一尝！“尚飨”是一个很严格的格式，也称作尚享，一般都用于祭文的结束语，苏轼《祭欧阳文忠

公文》有一句“盖上以为天下恸，而下以哭其私，呜呼哀哉，尚享”。在《芙蓉女儿诔》的结束语中，也会发现，虽然是固定的格式，但是于贾宝玉而言，又是一场悲痛的回忆：晴雯临终前要喝茶，贾宝玉给晴雯倒茶，没想到手中的茶竟然是“并无清香，且无茶味，只一味苦涩”，往日的好茶晴雯都未必看得上，被撵出来后，她竟然可以将这油膻之气的茶大口喝下。

从神话到现实，再从现实到神话，《芙蓉女儿诔》一文把悲痛化为感动。